倡导诗意健康人生
为诗的纯粹而努力

阎 志

主 编

指点江山

中国诗歌

【第88卷】

2017 4

主　　编：阎　志
常务副主编：谢克强
副　主　编：邹建军

编委（以姓氏笔画为序）：
田　禾　叶延滨　李　瑛
祁　人　吴思敬　杨　克
张清华　邹建军　陆　健
林　莽　路　也　阎　志
屠　岸　谢　冕　谢克强

发稿编辑：刘　蔚　熊　曼　朱　妍
　　　　　李亚飞
美术编辑：叶芹云

编辑：《中国诗歌》编辑部
地址：武汉市盘龙城经济开发区
　　　第一企业社区卓尔大厦
邮编：430312
电话：（027）61882316
传真：（027）61882316
投稿信箱：zallsg@163.com

目　录 CONTENTS

图书在版编目（CIP）数据

指点江山 / 梁平等著.–北京：人民文学出版社,2017
（中国诗歌 / 阎志主编）
ISBN　978-7-02-012747-4

Ⅰ.①指…　Ⅱ.①梁…　Ⅲ.①诗集－中国－当代
Ⅳ.①I 227

中国版本图书馆 CIP 数据核字（2017）第 088828 号

封三封底——《诗书画》·黄斌书法作品选
本期插图选自 Aleksey Savrasov 作品

责任编辑：王清平
装帧设计：海　岛
责任校对：王清平

人民文学出版社有限公司出版
http://www.rw-cn.com
北京市朝内大街 166 号　邮编：100705
武钢实业印刷总厂印刷　新华书店经销
字数 210 千字　开本 850×1168 毫米 1/16　印张 9.75
2017 年 4 月北京第 1 版　2017 年 4 月第 1 次印刷
ISBN 978-7-02-012747-4
定价 10.00 元

如有印装质量问题，请与本社图书销售中心调换。电话：01065233595

LIANG PING 梁平

　　当代诗人。中国作协全委会委员、中国诗歌委员会副主任、四川省作协副主席、成都市文联主席、成都市作协主席，享受国务院政府特殊津贴专家。著有诗集《拒绝温柔》、《梁平诗选》、《三十年河东》、《琥珀色的波兰》、《汶川故事》、《深呼吸》等 10 部，诗歌评论集《阅读的姿势》、散文随笔集《子在川上曰》、长篇小说《朝天门》等。获中宣部"五个一工程奖"、第二届中华图书特别奖、郭沫若诗歌奖、四川文学奖、巴蜀文艺金奖等多个奖项。

指点江山

·组诗·

□ 梁 平

再上庐山

牯岭街夜色凝重，
北往南来的聚集深不可测。
一千个达官贵人的闲话，
一千零一个闲云野鹤的佳句，
一万种走路的姿势，
隐约在石径与茶肆。

这是天上的街市。
庐山的雾、瀑布、松柏以及故事，
经历朝历代的清洗和筛选，
飞流三千尺以后，
依然壮怀激烈。

我选择三缄其口，
沉默是金。尤其在庐山，
沉默还是太平。
那幢石头砌成的遗址，
多少汉字，
把它变成了墓碑。

如果汉字失去重量，
不如像我，清冷地坐落一酒家，
温壶酒，烤几条深涧里的鱼，
然后在苍茫里，深呼吸
与山交换八两醉意。

南京，南京

南京，
从来帝王离我很远，那些陵，
那些死了依然威风的陵，
与我不配。

身世一抹云烟，
我是香君身后那条河里的鱼，
在水里看陈年的市井。
线装的书页散落在水面，
长衫湿了，与裙裾含混。
夫子正襟危坐，
看所有的鱼上岸，居然
没有一个落汤的样子。

秦淮河瘦了，
游走的幻象在民国以前，
清以前，明元宋唐以前，
喝足这一河的水。
胭脂已经褪色，琴棋书画，
香艳举止不凡。

不能不醉。
运河成酒，秦淮
成酒，长江
成酒。
忽然天旋地转，恍兮
惚兮，

不过就是一仰脖，
醉成男人，醉
成那条鱼。

长乐客栈床头的灯笼，
与我的一粒粒汉字通宵欢愉。
我为汉字而生，最后一粒，
遗留在凤凰台上，
一个人字，活生生的人，
没有脱离低级趣味，
喝酒、打牌、写诗，形而上下，
与酒说话与梦说话，
然后，把这些话装订成册。

在南京，烈性的酒，
把我打回原形，原是原来的原，
从哪里来回哪里去，
没有水的成都不养鱼，
就是一个，老东西。

邯郸的酒

邯郸的酒，
杯举一座城，
挟五千年燕赵雄风，
一仰脖，一口浩荡，
文是一个醉，
武是一个醉。

建安的七个老头，
与燕赵的七个小子，
以酒密谋。
他们身后的那些莞尔，
半壶小词，
一盅小米，
怀揣杀手的铜。

邯郸，
南来北往学步的人，
走得偏偏倒倒。
莫非这就是，
传说中的"踮屣"？
我保持了身体平衡，

谨记为老要尊。

漳河一杯酒，
卫河一杯酒，
都是郸酒买的单，
醉有应得。
在邯郸不能不醉，
我的醉，是酒瓶里的梨，
生长缠绵与悱恻

学步桥遇庄子

古燕国那个少年，
在学步桥边生硬的比划，
滑稽了邯郸学步。
我的一个踉跄，
跌了眼镜。
庄子被破碎的镜片扎疼，
挤进人堆里，
与我撞个满怀。
抓住他冰凉的手，
他的挣扎酷似那个造型，
脸上的无奈与羞愧，
比雾霾阴沉。
少年学步，
无关成与不成，
只可惜优美的邯郸步姿，
死于刀斧。
想象的翅膀折了，
落叶满地叹息，不如
留下空白，
还老夫一点颜面。

做梦的卢生

那个卢生，
就不该碰上吕洞宾。
爱情潦倒就潦倒，
偏要一枕黄粱，
洞房花烛，金榜题名，
得意而忘形。
那个磁枕就是神仙的套，

浮生一世，
半碗小米下锅，
还原的真相，
比淘米剩下的水更浑浊。
粥还没熬熟，
梦醒了，落下笑柄。
床榻上的庄生，
假寐在那里，
我真想上前拉他起来，
给两巴掌，打脸上。
然后，灭了那些非分，
喝自己的小米粥，
过自己的日子。

滇池与郑和

五百里海的梦，
把一个人的名字斧凿成船，
漂洋过海。
史记的笔跳过了章节，
忽略了这个记载，
忽略了这人在滇池的胎记，
那是滇池的蓝和天的蓝。
天的蓝有多宽，
梦里的海就有多远。

注定举世无双的远行。
海上了无人迹的六百年前，
还没有好望角的达·伽马，
没有美洲新大陆的哥伦布，
大明王朝的一千只帆，
从这人的手上升起。
七下西洋，宛若闲庭信步，
亚非海岸和岛礁的眼睛，
都聚焦在帆上了。

那些惊恐，那些警惕，
那些四处奔突仓皇而逃的背影，
那些剑拔弩张严阵以待的敌意，
在滇池蓝一样的清澈里，
在滇池波一样的温情里，
手语可以解冻，可以冰释，
郑和的和，一枚汉字，

和了海上的风，海上的浪，
世界第一条航海之路，
和了。

最初的五百里的海，
在高原上，就是浩瀚。
昆阳月山西坡的那人，
就是滇池的一滴，
固执地泛滥。
为海而生，
最后为海而死。
大西洋海的蓝、滇池的蓝，
还会一万年蓝下去，
我知道，那人还在。

双乳峰

仰躺是你最好的姿势，
你的海拔高不可及。
所有哺育过的高度都低下了头，
温顺如婴。不仅仅是黔，
黔以远，东西南北以远的方向，
海拔从每一个生命升起，
成为最高的峰。

我骄傲的头，
置放在巨大双峰的沟壑里，
从年少到青春，直到我老的那天，
我的梦想、我释放的男人的体味，
都有你乳的香，你的给与。
我会和我的那个女人来看你，
我会把看你的女人，当成我的女人。

布衣包裹野性，
再多的强悍与嚣张都收敛了，
双峰之上绕指成柔。
踏歌泼洒的米酒，
曼舞邀约的蛙鸣，
一只捉迷藏的蛐蛐，
跳上夜半的指尖，痒到天明。

古滇国墓葬群

石寨山睡了，
没有一丝鸟鸣。
一个王国的墓葬沉寂得太久，
斑驳了。
满地落叶与树枝，
都是大风吹散的矛钺。
与战事无关的烟火留下来，
饰纹爬满青铜的身体，
把远古红土高原上的民族血脉，
埋伏其中。

围墙里杂草和野花，
那些肆意的五颜六色，
成为后裔们身上的披挂，
两千年的译码。
抚仙湖水底的繁华，
缓缓浮出了水面，
古滇有国有家，
一枚黄金"滇王之印"，
在自己的姓氏上，
举起了曾经的江山。
近水而居的石寨，山似鲸鱼，
亘卧于滇池的浩荡，
谁能看见它的满腹经纶？

深埋的古滇国墓葬群，
已经没有呼吸。
我在两千年以后的造访，
与守山老人和一只癞毛小狗，
谋面阳光下的苍凉。
老人没有经纶，狗也没有，
一支长杆旱烟递过来，
那是最友好的招待。
却之不恭，只能不恭，
我不能承受，
如此强烈的潦草。
石缝里一朵黄色小花，
开得分外嚣张。

红卫兵墓

沙坪坝是城市惟一的平地，
公园里的树绿得发冷，
即使披挂七月进来，
笑声也会冻僵。
有一段围墙豁缺了，
被重新堵上，
堵了又缺。

围墙不是一个人在堵，
围墙也不是一个人在拆，
堵墙的人拆过墙，
拆墙的人，
又把墙堵上。

残垣以外，
也是沙坪公园的景点。
一堵墙把它隔离开，
与环境不协调，
与时令不协调，
旧年的伤疤，犯忌。

墙内的草木，
花谢、叶落，有树枯萎。
墙外无人看管，
却不见狼藉和尘埃。
我在清明时节路过，
断墙开满鲜花。

比邻的教堂钟声哑了，
冰冷的十字架下，
年代失血。
一个裸露的坟场，
保存最为惨烈的完整。
一百颗早上八九点钟的太阳，
在那年，在墙外，
封存了体温。

上清寺

上清寺有没有寺，
找不到记载，
上了年纪的老人说没有。
没有寺的上清寺，
在这个城市很有香火，
围墙围了一些人，
墙里的人感冒，
墙外的人跟着打喷嚏。

我曾经在围墙里，
发霉。和我一起发霉的，
还有不得不穿戴楚楚的衣冠。
这里的天气无法预报，
白癜风可以传染，
每张脸都可能发生病变，
一夜之间，人模，
变成狗样。

我从围墙的缝隙里，
逃生出来。
遇见好多壁虎和蛇，
阴湿地带常见的那种，
那里的灌木丛，
使人想象不干净的女人。
我知道，有我一样感受的人，
不能像我一样抒情。

白癜风在围墙里出现，
让一些光鲜的脸，
格格不入。
好多人在自己的鼻梁上，
也迎合一抹白。
白癜风走了，
上清寺用了好多水冲洗，
那种恶心的味道。

上清寺恢复原来的平常，
外面进去的人，
和从里面出来的人，
没有什么两样。
说书老人还说围墙要拆，
说的和真的一样。
惊堂木落下，
听书的没有一个退场

比想象倾斜了一点

神木，在陕北，
只比想象倾斜了一点。

它朝西倾斜，
二郎庙把它垫高了一截，
落日的风吹疼了它的眼睛。

它朝北倾斜，
连绵的丘陵腹肌一样生长，
成为健壮的陕北大汉的炫耀。

它朝红碱淖倾斜，
沙漠长出的仰望天空的明眸，
还原成昭君的一滴泪。

它向煤倾斜，向煤的化工倾斜，
向空倾斜，向无倾斜，
向戛然而止倾斜。

有人要爱它了，
有女人为它的直立倒下。
四面八方的欢呼，奔涌而来。

以后的某一天，
信天游翻开那一块黄土，
有神如木，在那里使劲地呼儿嗨。

咸宁温泉

咸宁泡出很多故事，
不温不火，淡黄色的奢侈，
与布衣和草鞋为伴。
朝廷距离太遥远，
历代的江山沸沸涌涌，

却没有从这里的岩窟，
汲取一杯纯净。
雾气蒸腾的风花雪月，
不需要花边修饰，
久远的久，温泉的温，
只要有一次赤裸的浸泡，
灵魂就干净了。

距武汉八十公里的天堂，
还没被污染的浴缸。
原始的微量元素，
与你亲密接触，
每种抚慰都有隐秘的释放，
在水中作一次优美飞翔。
天然不是制造的，
水击石岩，有虹影起舞，
身心开始温润，
看见雪地鲜花，冬日暖阳，
梦不再流浪。

黄龙溪

溪是千年的溪，该有绝唱，
清是一阕，澈是一阕，都是久远，
比那些记事的结绳更加明了。
末代蜀王最后的马嘶，以及剑影刀光，
遗落在水面上的寒，
痛至切肤。

后花园盛装的闲适，
绝非树荫下那几杯茶可以匹配。
茶针在透明的玻璃杯里，上下挣扎，
最后瘫散成一片，再也站立不起。
这是细节，我无力更改，
只能一饮而尽。

黄龙从似是而非的《水经注》游来，
那只沉入水底的龙型的鼎，
把水分成双流。一流返古，
返回历史的褶皱与花边。一流向远，
水面漂浮的那些未知的词牌，
一一打捞上岸，
轻吟浅唱都是天籁。

白马秘籍

白马没了踪影，
一只白色的公鸡，站在屋顶，
高过所有的山。尾羽飘落下来，
斜插在荷叶样的帽檐上，羽毛、羊绒
的轻，卸不下身份的重。
白马藏，与藏、羌把酒，
与任何一个"少数"和睦，
与汉手足，在远山远水的平武，
承袭上古氏的血脉，
称自己为贝。
世外的遥远在咫尺，
一个族群悄无声息地澎湃。
王朗山下的篝火、踢踏的曹盖，
在壁炉前巨大的铜壶里煮沸。
大脚裤旋风扫过荞麦地，
一个来回就有了章节。
黑色绑腿与飞禽走兽拜把子，
一坛咂酒撂倒了刀枪。
封存上千年的原始，
白马的姓氏，
已经不重要了。
白马寨，一面绷紧了的鼓，
白马人的声带，一根细长的弦，
鼓与弦的白马组合，
一嗓子喊过山，那是天籁。
流走的云，山脉交叉的经络，
都是自由出入的路。
吊脚楼、土墙板房里的鼾声，
有了天南地北的方言。
撩开雾帐，早起的白马姑娘，
一颦一笑，泼洒疑似混血的惊艳，
花瓣收敛，月光落荒而逃。

芙蓉洞

一个字在洞口开花，
芙蓉肥硕的唇，磨瘦了时光，
洞穴里一次深睡眠，

石头、水、乳皆活，浑为天然。
一千零一种迷人的体态，
一百零八种销魂的姿势，
静与动都恰到好处。
深不可测，呼吸越来越急促，
那生命之源竟是自己，
半路留下的根。

飞升的感觉在深处，
灵魂出窍，滴水也是汹涌，
繁衍成江海与森林。
英雄座次后宫粉黛有了出处，
灯光渲染的帐幔言情，
不断接近真相，
幽怨凄冷都是解说的词。
一块没有命名的石头，
正襟危坐，在那里默诵：
为老要尊

芙蓉在洞口怒放，
不能抑制的生猛与肆意，
一泻两千七百米。每一米丰腴，
都在启动那个字，
那个字洞里不能藏，没有
那个字简洁象形，
不生僻。
所有的坚硬生成平滑的肌肤，
有了性情、血脉和姓名，喀斯特
在武隆，他是芙蓉的儿子。

邂逅一只高跟鞋

八朝帝王抬举的开封，
曾经的江山落了轿，
一只高跟鞋挑开布帘，
跨进我的年代。

我没有值钱的砖瓦，
没有上了年纪的祥符调，
没有马匹可以把她掳上马背，
成为我的压寨。

岳王庙比我的想象潦草，

岳飞依然怒发冲冠。
跪在秦桧身边的那女人，
身子被指责戳破，
一朵败菊在高跟鞋过后，
盖在伤口上。
还原的清明上河图，
高跟在石板上踩踏。

宋河粮液开了封，
一条大河汹涌，
杯盏里注释的汴京，
都是 53 度的现代汉语，
我的四川，她的河南。

朱仙镇的菊

云朵一样的轻，
乘坐第三张机票，
飘落在朱仙镇血红的年画上。
我虽有诗书，
却一介草莽，
被年画上的油墨，
排挤在街头。
我在街头看见了菊，
亭亭玉立的菊，
活色生香的菊，
铺天盖地的菊，
把我包围。
最肥的那一朵皇后，
咄咄逼人，
她该是哪个帝王的生母？
我想脱身而出，
找不到缝隙。
刀枪早已入库，
身上的盔甲长出花瓣，
此刻我明白，
我在朱仙镇入赘了，
以后，记得来开封看我。

文笔峰密码

那只没有祖籍的鸟，

锋利的羽毛，划破
水成岩石褶皱里的深睡眠。

文笔峰醒了，
一支巨橡在天地之间，
披挂唐宋元明囤积的风水，
比身边的海更浩荡。

皇家禁苑的清净，
匹配白玉蟾仙风道骨的虚空。
王子一个脚印垫高的海拔，
威武了将军的横马立刀。

而这些文墨只是印记，
那只得道的鸟，
那只子虚乌有的鸟，
听得见它的那阕声声慢。

我爬上无形无相峰顶，
看见比唐更远的辽阔。
天的边际，一朵云走来，
隐约有麻姑的仙姿。

文笔峰不显山露水，
深藏了无从攀比的高度。
路径被汉字分行，
我的诗歌是你进山的钥匙，
每扇门都可以打开。

深邃的道场，浮动的沉香，
有一次深呼吸，心就静了。
笔尖上添一点墨，
又是千年。

马家洋楼

马在百家姓里，
也算是望族。
真武镇上的马，一蹄子撒野，
去了南洋。长褂短了，
辫子打盘藏进了瓜皮帽，
与马尾不再混淆。
马尾长在马尾巴上，

姓马的人，
站立行走江湖。

乡野与外界发生了联系，
庄稼地长出一颗洋葱，
一幢洋崴崴的洋楼，
鹤立鸡群，这里的民居，
活生生变矮了。
马家的生意经，
从中文里最初的入声字，
进入粤语、闽南语，
进入世界通行的 English，
马还是这马。

长江在这里绕了个几字，
几多冒险、几多酸甜苦辣，
几多感慨与骄傲。
半岛就这么一幢楼，
兴衰与成败，
已经轻描淡写。
马蹄踢踏的声音，
渐行渐远，远成一个年代，
寂静里的浩荡。

马背上的哈萨克少年

躺在草坡上，
把自己摆成一个大字，
大到看不见牛羊、飞鸟，
只有漫无边际的蓝，
与我匹配。
天上没有云，
干干净净的蓝，
我忘乎了所以。

几匹快马疾驰而来，
围着我撒欢。
草皮在吱吱的伴奏，
我闻到阳光烘烤的草香，
酥软了每个骨节。
铁青色的马，
马上哈萨克少年，
铁青色的脸，

都出自于天空的蓝。

马背上的年龄，
是我幼年，在幼儿园大班。
剽悍、威武的坐骑，
比旋转的木马还驯服。
他们要带我去兜风，
风卷起衣衫，遮住了脸。
一束逆光打来，
我从马的胯下溜走，
没说声再见。

树化石秘籍

准葛尔戈壁的侏罗纪，
记事在石头上。
那株亿万年前的乔木，
硅化了，经络刻写的年轮，
不能涂改和演变，
有鹰眼的指认，
我手里石头的基因，
一目了然。

石头的斑驳里，
我查看它的家谱。
一棵树把自己的身体放倒，
与时光交媾，
每个纪元都朝气蓬勃。
上了年纪的沙漠，
守护了一滴水，一次浇筑，
那些树皮与骨骼包了浆，
弹跳到了地表，
油浸、光滑的肌肤，
坚硬如铁。

硅化了的木，
听得见呼吸的澎湃；
树化了的石，
看得见生命的色彩。
它们是奇台地道的原住民，
有自己的姓氏和名字，
我带回的那块石头叫茉莉娅，
夜夜歌声婉转。

江布拉克的错觉

小麦，小麦，
波涛如此汹涌。
姑娘的镜头留下我背影，
在江布拉克。
我不是那个守望者，
这里没有田，
那望不到边的是海。
海结晶为馕，
行走千里戈壁的馕，
因为这海的浩瀚，
怀揣了天下。

我在天山北麓的奇台，
撞见了赫拉克利特。
古希腊老头倒一杯水，
从坡底流向顶端，
他说"向上的路和向下的路，
都是同一条路。"
我的车在这条路上空挡，
向上滑行、加速，
一朵云被我一把掳下，
在天堂与人间，
做我的压寨。

天山山脉横卧天边，
一条洁白的浴巾招摇，
我在山下走了三天三夜，
也没有披挂在身。
走不完的大漠，
恍惚还在原地。
刚出浴的她，似睡非睡，
依然媚态。

2点零5分的莫斯科

生物钟长出触须，
爬满身体每一个关节，

我在床上折叠成九十度，
恍惚了。抓不住的梦，
从丽笙酒店八层楼上跌落，
与被我驱逐的夜，
在街头踉跄。
慢性子的莫斯科，
从来不捡拾失落。
我在此刻向北京时间致敬，
这个点，在成都太古里南方向，
第四十层楼有俯冲，
直抵疼痛，
没有起承转合。
这不是时间的差错，
莫斯科已经迁徙到郊外，
冬妮娅、娜塔莎都隐姓埋名，
黑夜的白，无人能懂。
一个酒醉的俄罗斯男人，
从隔壁酒吧出来，
找不到回家的路。

我的俄国名字叫阿列克谢

有七杆子打不着，
第八杆因为翻译讲究中文的相似，
我就叫阿列克谢了。
我不能识别它的相似之处，
不明白我为什么不可以斯基，
不可以瓦西里，
不可以夫。
惟一相似的是我们认同，
俄罗斯的烤肠好吃。
斯基还喜欢面包，
瓦西里还喜欢奶油，
夫还喜欢沙拉。
我在莫斯科的胃口，
仅限于对付，有肉就行，
也不去非分成都街头的香辣，
眼花缭乱的美味。
所以我很快融入了他们，
还叫我廖沙、阿廖沙，
那是我的小名。

我应该不会走开

□ 梁　平

岁月真是一把杀猪刀，刀刀留痕。

从上世纪八十年代开始写诗，四十来年了。除了偶尔写散文随笔、诗歌评论和小说，留下了十本诗集近千首诗歌，而能够让自己满意、聊以自慰的有，长诗《重庆书》、《三星堆之门》、《成都词典》和两三本诗集。然而这所有的写作都是我所珍视的，因为那些文字已经成为我生命的胎记。

转眼已过花甲，我在近十年经常挂在嘴上的"年事已高"，真的高了。

现在身边我这个年龄的人，大多已经不写了。其实这很正常，"想当年金戈铁马，气吞万里如虎"，而如今，一杯清茶，一个案头，一张宣纸，涂点字画，也是自得其乐的安逸。这把岁数，只要谨记做一个"好老头"就够了。但也有意外。一个是已故的孙静轩老爷子，他生前似乎就没有停过笔，那年72岁，又写出数百行的《千秋之约》。记得老爷子写完这首诗，很激动地到我办公室拿给我看，那神情就像孩子似的，而且那孩子刚刚做成了一件了不起的大事。这是诗人的气质，一种永远的激情，永远的写作状态。这首诗是诗人拜谒陈子昂墓的凭吊诗。这首诗感染我，打动我的是诗人的率真和勇敢，是诗中力透纸背尖锐的力量。我想说，一个诗人，没有他那样的生命体验，没有他那样的生活阅历，是不敢提笔、甚至提不起那支笔的。这首诗非老爷子莫属。很显然，这是年龄问题，当然又不是年龄问题，个中感受大家心知肚明。另一个张新泉，现在也是七十多岁了，拉二胡不说，吹笛子可是气力活，一曲下来，满堂喝彩。重要的是笔耕不辍，新作接二连三，而且写得青春、灵动、深邃、力道，一个耄耋老人，能够留下"桃花才骨朵，人心已乱开"的佳句，广为传播。

我把他们视为榜样。一个走了，音容笑貌如在眼前，单纯、洒脱。一个健在，身体还硬朗，白发如雪，一如他为人为诗的干净，心无旁骛。所以他们的写作不会因为年高、也不会因为退休而终止，与生命同在。这是真正意义上对诗歌的虔诚和敬畏，诗歌之外的得失和计较，在他们身上没有依附之处。

我不是一个勤奋写作的人。在上世纪八十年代的写作，基本上是在边缘，想什么写什么，想怎么写就怎么写，不参加任何派别，不肯入"流"。那个时期的报刊上经常出现的我的名字，现在翻检出来有不少令自己汗颜。八六年徐敬亚的诗歌流派大展，我的作品属于散兵游勇；八八年的《萌芽》杂志，居然有我、阿来、龚学敏的诗歌在同一期同一个栏目集结；八九年《星星》封三的青年诗人肖像，我和阿来两个人的青涩，竟是那么的可爱。谁也没有想到，几十年之后，我们会天天在红星路二段八十五号进出，在同一个甑子里舀饭吃饭。这也是缘分，所以格外珍惜。

我现在的写作状态越发清晰，我希望我的写作能够与社会保持一种关系，能够与自己的生活经验保持一种关系。这样一个向度的确定，反而让我"勤奋"起来。感谢"花甲"，我可以自主选择参加哪些例行的公事，可以自主选择哪些可有可无的应酬，可以一个人给自己闭关，三五天不下楼，在电脑上敲属于我自己的文字。我知道，这是一种陷入，远不如一杯清茶、一张宣纸来得惬意。但这样的陷入，让我获得一种兴奋。就像我特别喜欢弗兰克·奥哈拉（美）有首关于诗的《诗》，其中两句让我谨记：

"你不必竭力不去陷得太深／你可以永远走开如果你太害怕"。

我想，我应该不会走开。　Z

原创阵地
ORIGINAL SECTION

杏黄天　章　凯　郑茂明　张小美　谢晓婷
那片云有雨　肖　寒　夏　杰　秋若尘　六　指
孙　梧　谢小灵　孙启放　张世勤

轮回的枝条

（外三首）杏黄天

他们谈到了冬天的树，他们谈到了删繁就简
以此抵御寒冷——
他们谈到了树边的路，他们谈到了就此别过
因为时间不多——
他们还谈到了树下的人，他们其实是在谈论
他们因何在此——
他们都没有谈到就此结束，他们还是在等待
另一轮的开始——
绿叶会重回枝条，树木也会再一次向上生长
他们要活下来——
怀着深沉的眷恋与良好的愿望，他们要活着

过　渡

昨天，还是枝繁叶茂，做梦于其下
今日早起，枯叶满目
想起夏天太过炎热，我们都有些发昏
此时果实累累，皆奔其命而去——
为何，你还苦于纷乱之生，迷于未竟之死
无视之后将是大雪一场

哭着醒来

在梦中
他们再次开始争吵——
他说鲤鱼还是红烧好！味道浓厚
她说清炖好！鲜美

他生气地剁下鱼头扔出窗外
喂狗
她生气地切下鱼尾放在猫的

碟子里

后来
她就哭了，他也哭了
他们
吃着变烂变臭的鱼身
醒来

无需慰藉

一切都刚好。杯子开始也是一只完整的杯子
开始无故事
也没有迷路
与无处可逃
一切都有着混沌中的完美

后来是杯子破碎
不再完整
后来是杯子又被重新粘合，但多出一些线条
粘合而生的线条

这线条就是故事
当他再次饮下这杯中之水
也就一并饮下这
故事
和故事中的黑

离开的一再回来。他看见那只无处不在的手
在找
那些从未离开的
有着和睡梦一样的缺陷与
完美

一年蓬

（外二首）章凯

尽管我们踏于其上，
但惟有大地能包容。

每天的第一道阳光
由它赏且尽得，

不与我们半点。最后一道也是。
那是我们够不到的景致。

——神秘的事物：没有你们
我们该有多么孤独。

——孤独的事物，没有你们
我们该有多么动荡。

在那上面埋上他们留下的国土。
广袤的大地啊！原谅我们

也曾看到丰美的田野，也曾看到
流淌的河流，崇高的山峦，并且我们，
也曾不由自主地用形容来抒情——

原谅我们丢弃了那些拙劣的抒情。

我们的懦弱虚荣，同时也
贡献了，我们下一代的生活。
当然，我们也有快乐，
我们的快乐，借由他人片刻的温柔，
——而忽然发生。

遍及我们的国土

正义给我们一切，而我们
却时时破坏它。
因为我们鲜活的生命，
懦弱而虚荣。

我们宁愿在笼子中寻找意义。
那些冠之以终极、平等、自由，
甚至是，虚无的意义。

遍及我们的国土，都是
这些意义……只有爬上山岗的人，
一览无余，但他们戴着镣铐。

当他们倒下，我们或许可以

虚 构

仿佛步行就可以到那朵云的旁边。
可它渐行渐远。

那么，我们曾讨论生活之外的话题，
以及，生活？
也曾有人宽慰我？
如果可以，我也曾希望自己能立刻
变得像我期待的那样？
其实这一切，都是我一个人的虚构。
当我走了很远的路，
当我安静地停足在街道尽头——

当我安静时，我才从内心里，
对他人感到真正的失望。

代价

<small>（外三首）</small> 郑茂明

一个儿童
不断摔倒
为了走出一条自己的路
时常头破血流
他的哭声已经熟练了
他的眼泪慢慢哭干
他的柔软的心，如今像一块石头
可以轻易地杀死一个人
一把火烧掉一个村庄
他从不畏惧伤口
面对枪口，像一个英雄

人世的深度

上有三十三重天
地有十八层
久居人间
常因上不着天下不着地
而懊丧

空书架

几本书罗列着
经年的尘灰
荡着光阴
杂物们拾级而上

占领了空无
像长在上面

空书架
被多出来的事物
慢慢填满
像我多年的生活
偏离了初衷

我还没有学会
移除
不想要的
也还未曾拒绝过

天空飞过鸟群

很久没有见到那么大一群鸟
呼啦啦飞过天空
那集体的飞翔很美
很自由
美得不像是在集体奔命
地上的人群仰着头
目光随着鸟群轻轻移动
他们忘记了呼吸
甚至忘记了自己还活着
鸟群飞得从容而自由
人群像一群提线的木偶

落日之诗

（外二首）张小美

再看一眼，晚风就触动了群山
温柔的线条。心动一下
山脉，就微波般起伏一下

夕阳下，大鸟徐飞
就要飞入那轮硕大，火红的圆盘里

一切都在飞速后退
阴影安静
人群喧嚣
我爱。我甚爱这堪比孤独的圆满

夹皮沟

我愿意遮住我视线的，是一片山林
我愿意被一叶障目
在夹皮沟，我们沿着细叶林不断深入
如同一种返回
更像是一种接受

高的松树，矮的灌木
蝴蝶往返其间
快活的速度
比在别处看见的更轻盈

白鹭越过树梢，消失在山那边
我也曾在这里消失过
很多年
现在我接受了

把眼前这百来米的土坡
称之为山

深夜诵读

你让我站在海边
深夜的潮汐缓缓退去，又再次汹涌
席卷而来。海鸟在鸣叫，我——
经由你说出，在你词语的波浪里起伏
你说出什么
我就是什么
是宽阔海面上盛大的虚无
也是最小的一粒沙子
含在你的唇齿间
我一定是故意的。让你疼痛
声音沙哑
你和你的疑问站在礁石之上
而现在，海风在吹
掠过我时拥有了双倍的疑问
因为无知，我缄默
我爱这片海域但没有出声
幸福与痛苦的来源
它过于复杂
你曾制止过一次飓风，一场海啸
但同时，你又是它们
风暴已经平息了
你知道的
我们都曾被它抚慰

原谅他……

（外一首）谢晓婷

光天化日之下，向灵魂借来肉身
苦命的菩萨，腾出庙堂作墓地
那些咯咯发笑的骨殖，变废为宝
长出新的根、茎、叶、花
果实——
可笑的，叮当作响的果实

这座城市，挤满了火中取栗的人
被雾霾囚禁，被雨水鞭笞，被黑夜驱逐
被一大堆诊断书呵斥。生活
这精致的废园，四处打探春风
寻找出口，把良辰美景推倒在八方桌边缘

得摧毁点什么了，这咯吱叫唤的
钢铁的世界。是时候了：焚香、沐浴
摊开双手，放生落日
中年的衣冠里，鸟兽纷飞
森林已成形——原谅他

原谅这个胡子拉碴、发霉的异乡人
原谅他满身的酒气
原谅他二环、三环一样的身体
中铁、高铁一样的脾气
原谅他来过你窗前，说他曾貌比潘安
原谅他——

这个胡子拉碴、发霉的异乡人
说起故乡，他会头重脚轻

东城西就

由硼场街往东，一直往东
路遇粉馆若干，以麻辣风味为主
路遇熟人若干，以卷舌和不卷舌为别
记不清熟人的名字，记不得是怎么熟的，已熟至
　　几分？
买单时总会有推搡
不是几块钱的事。面子大于天
行至约五里，就到了月台
专司香蜡纸钱灵屋经幡。偶摆烟酒
也不像是凡间之物了
再往前挪挪，多安桥就近了
那么黑黑的一河水
竟也能养出白胖胖的鲢子鱼
从翊武公园飘来的柳絮会在桥上打会儿滚
再滚到人脸上，脖颈里
你开始痒，小城就跟着痒
一下午一下午地挠。好好的时光就给挠得青一块
　　紫一块
也不急。群玉广场往南
有好水。又清又亮的澧水河就再也内敛不起来了
在这里，你可以先失足，再失身
总有好汉会捞了你，往肩上一扛
或夹在腋下，往席梦思上一扔
小城就开始摇晃

人间四月天

（外三首）那片云有雨

事实上，借用这个题目，是肤浅的
事实上，我贪恋煦光里，那三五株深陷的衍生物
远胜于深陷本身

事实上，万千因果，不过区区一生
事实上，当春风迫逼而至，桃花交出艳骨
我当得起佳人，但我当不起某个人的孤寂史，和
他对这个尘世，所有的宽宥

避难所

我看见了你扎牢的篱笆
困于体内的闪电，枕旁的一段幽怨
甚至看见了，月上柳梢时
一个梦的孤单

其实，我还看见了一个人的晚饭和空房子
空房子不空，暖心的小米粥
像你白天写稠的分行

分行里有乾坤，乾坤里分明一个乌有国
国很小，小到只可抒情
小到一抬眼，就是一川春水，而舟上的美人
相思压身，两岸青山略显暗淡

献给你

你有紫丁香，有翡翠河，一条大龙藏着所有的雨
　　露和阳光。
我有牧场，有呦呦鹿鸣，我拥你为大王，予你美
　　酒和花香。

你旧箫吹新曲，有新翻的杨柳枝，一乘花轿放在
　　了云尖上。
我的玉齿咔咔响。
我雇来了仙界最磨人的小妖。
你最终说到了水复山重。
八百里的俊马啊，蹄子上带着千万个喇嘛。
而我怀抱混沌的圆，在暗夜里嘤嘤啜泣，却始终
不肯放出体内的溪流。
我献给你的只能是一种漪光，它的忧郁足可以刺
　　穿铜墙。
我献给你的其实也不仅仅是一种漪光，而是一剂
没有解药的毒汁。
我是有罪的。

入　戏

一唱三叹的美人，身上有茉莉的香味
她的尺八水袖刚被风流沾惹，腮边的泪有长调的
　　热

她的韵白漫过长安的仕途，长发绾住一段风月
无需自报家门，那份纷披的相思，最先绾住的，
　　还是自己

一个虚置的舞台，一段无水的沧海，便叫她瘦了
　　三分
许了来世，这是我在史书上，从未读到的

但我曾在一首婉约的词里，读到过倏忽的永远
那夜，晚风绕过六合，若不是搂紧了月光，大片
　　大片的黑
就会漫过来……

植物园

（外二首）肖寒

我们漫步，这是一处新的领地
花朵不多，树木异常茂盛
草坪崭新，人群来往不断
闷热黏稠的天气
偶尔有风
乌云在我们的头顶不停地滚动
弯曲的小径
绕过树木、石头、小桥和花朵
我们随着它不断地划出优美的弧线
我们随着它
爱遍路上所有的事物
我们也爱彼此
也爱那些隐秘而美好的情绪
踩着木质栈道
我们在幽幽溪水中看到白云的影子
我们也看到了彼此
以及彼此里的自己
我们保持沉默
我们已完全妥协
但生活仍需要变得再甜一点
为此我逐渐靠近你
而远离被风吹落在地的
紫色花朵

因为孤独

我们交谈，因为孤独，泥潭越来越深
几簇新竹，爬满虫蚁的松软的泥土

也在交谈，因为孤独

桥上，反方向吹来的风
凛冽地陷入我的身体
桥下，石头和水
都在后退

阴雨中，你收拾起晾晒的衣物
我撑开伞，默默赶路

风

一路上，我们看到
阳光洒满树丛，金黄的树叶，驮着沉重的肉身
落入缓缓的河流。大多数的草
风已吹不动它们

我们走下车，涌入这大片的明亮之地
我们像是一群
重又返回丛林的鸟儿。愿这美好永存。愿它们
藏好身体里越来越生动的秘密
愿风永无破坏之心

而这世界，正演绎着美而衰败的一幕：
风吹着悬浮于空中的落叶
急速地下降。前行的人
又多了一层无形的阻力

雪夜的山神庙

（外三首）｜夏杰

屋顶的茫然来得更高，它的黑夜
永不停止……
但，疯狂已经长出根须
随之承揽是非

——而时光盘根错节
如同偏僻的山神庙用酒堵住葫芦的满腹牢骚
但偏僻，不是庙的爱好，只是无意中让雪
有了骨头，隐忍、委曲求全
皆融化于奸佞之深谷，坦途如羊……

尖利，刺破一段故事的结尾
使火炉边的酒杯碰出一场雪事

雪未落

雪最终未落下
像某种未发芽的种子
像某个未爱到的人
像某句未说出的话
哦，两个与雪有关的成语如车厢般满载
但不影响，耳朵静候雪带来的
一切……

雪最终未落
——如同隐喻、灯光以及血液
雨使茫然更具流动性
风中回音阵阵，电热毯的记忆
使梨花开得格外艳

雪未落，但人间冷暖
仍旧落下

雪　藏

剑气学会撒网，网结如结石般顽固
我们说：一根透明的线自有黑暗到达的部分

雪，微小，但
它还未意识到，融化只需哈一口气
命运单薄至余光一瞥

——一切还在原来位置
剑鞘打着饱嗝，渔网享受滩涂
乌云对天气预报满怀倔强

树影晃出的漏洞，比网眼多
它是否在思考，如何使
颈椎成为手术刀？

自扫门前雪

雪未落下，门前枯叶仍旧有
自己的法则
扫帚回不去竹林，砍刀麻木已久

人类，万千条神经系统
不为植物忙乱，内中神秘并非虚构
雪，线索的受害者
将孤独、坚硬留给一副春联
横批有意无意地跨过一场雪事的空旷

空旷，有谁懂？
一句谚语怀揣热泪，使房间内
反射羞愧的冷光

半边脸

（外三首）秋若尘

在人前，她隐藏了什么
为什么给你半边的脸和火焰

她用左边的脸示人，吃饭，爱植物和孩子
右边的脸藏起利刃和灰尘

她爱你时，整个江山都是柔软和放松的
她说出悔意
秋天就来临
漫山遍野都是腐烂的果子

处 暑

暑气并没有丢失，夜晚的蔷薇架还布满星辰
从蔷薇架下穿过的少女
明显有宿醉的痕迹

我们说到的孤独，是地表深处的孤独
很多来自于灾难
有的从夜晚出发，才刚刚开始

秋天过后的第一场雨水
是菖蒲和野乔木制造的雨水
神谕示着我们
中年的孤僻和犹疑症
将得到谅解

落 叶

我想到秋风中的叶子，正在急速地老去
也许是风
也许是风中其他的事物

加剧了它的衰老
也许是它自己

沉默者在大地上继续保持沉默
悲观的人只在夜晚活动

我承认那微小的慌乱和欢喜，来自于事物本身的变
  化
那残缺的，意指为美的

那荒野里的草
路边的腐叶
树枝上摇摇欲坠的
落日的金黄

野菊花

那小的，一簇簇燃烧着的火焰
来自于秋天
那迟钝的悲伤和欢喜
夜晚的阴谋论者
它有小的，隐秘的内心

那一丛丛开放着的，给我们制造慌乱和惆怅的脸
那挨过整个漫长的秋天
在冬天销声匿迹
怀抱火焰和冰雪的野菊花啊
它澎湃的内心无人可比

那在夜里赶路，在白天献出权杖和花冠的野菊花啊
是另一个我
是另一个我回到秋天
回到万民的出生地

大雪

（外二首） 六指

没有月亮，没有星星
只有夜色，在更浓的夜色中聚拢
祖母从没膝的雪地上爬起
双脚，深陷在 1987 年的大雪中
风，一千次吹过高庙村
又折回来，吹下接生婆的黑头巾
顺着棉桥河，最后吹向祖母
仅剩的一只迎风流泪的眼睛
二十岁的父亲在千里之外的小煤窑
挖掘着光明。父亲的父亲抽着旱烟
蹲在牛棚中照料生病的牲口
而年轻的母亲，面带痛苦，等待着
一张小嘴的降临
为了节省煤油，她吹灭豆大的灯芯
在漆黑一片的房屋里，半躺着
透过土坯墙贫瘠的裂缝，大雪
运送来白茫茫的光和寒冷

烟 囱

它有副好心肠
但被高度浓缩的尘世穿肠而过
它保持着你仰望的高度
目送并祝福每一只飞向远方的翅膀

是的，它固守一小块阵地
而孤立自己
它被包围、排斥，却不愿与谁为敌
不像受惊的乌贼，释放一肚子坏水

悲伤的时候，它用唇
呷着一小阕词令

在你的白纸上吐黑色的烟圈

更多时候，它像屋檐下
练习倒挂的蝙蝠：
内心孤独。眼中的爱
和恨一样热烈，夜色缓缓上升

远 信

再没有叶子可以落了
整个下午他们都在打理
楼下的一排悬铃木
一些已经被雨水掏空
居住在里面的蚂蚁
冬季之前搬到了树根下面
他们爬上梯子，用木锯
锯下枯枝，然后捆成了堆
他们一边哼唱着小曲
一边为树干刷上一截白漆
而我就伏在靠窗的案头
看他们劳作，摆弄收音机
在渐渐暗下来的光线中
收听最近的天气预报
"一场大雪就要来了"
你在电话那头兴奋着
仿佛你的呵气呵在我脸上
一切都是潮湿的暖暖的
你说大雪啊
那是为你准备的大信封
你要给远方的我寄一封信
内容就是朝我走来的
歪歪斜斜的两行小脚印

天空下

（外三首）孙梧

野草化成群鸟，游荡在河水
黛青色的山惊诧于我的入侵
野兔、狐狸、狼、我被编织进生物链

爬起的孩子学会了谎言，开始了爱
路过的人们操着不同话语，出入巢穴
忙于食色，制造出贪婪
来来往往，过着风一样的日子
他们先后钻进土地，重复着地下的事

田野像我一样安静，土地像我一样沉寂
坐在田埂边，我翻阅旧史书
闻出酒香，看到血花开在刀光剑影
也观察出它们的阴影陷入渺远大地
我再次小心地追随，不小心进入了另一段时空
时光已流逝，我只能再老一次

年 关

就像多年前，雪总会落到年关
父亲披上雪，穿过土路的冷
去镇里买几斤猪肉
雪浮在肉上，格外刺眼
盛开出白中带红的花
垂涎着新年
惹得邻居家的黑狗不停追逐
草垛边的麻雀吱吱喳喳
它们每年都沉迷在这朵花里
后来猪肉常见了，年轻人进城了
留守的老人拄起了拐杖
严冬一来，村里就会死去老人
雪就会覆盖他们的身体
像当年的花，开得格外凄凉
要说最美的一朵
还是四年前过小年那天

开在了父亲身上

落 日

除非拥有一把见血封喉的剑
不然暗下来的光会掩盖你的悲

已经看到山了，还有云朵
还有拉开的碎花窗帘
狼烟冲出，刀光剑影

我跪向西方，掬一把泥土
躬下，再躬下

轰然倒在你敞开的胸
这山峦，本就是一座座墓碑

郊 区

隐于草丛，像刚才飞过的麻雀
我掉一片羽毛，露出筋骨
匍匐于泥土，扒开乱石缝隙
观察出远处的楼厦很茫然
隐于雾霾
庄稼死于水泥，它们之前也曾是郊区
藏着流水、旧事

旧事往往是新事，看脚手架植入土地
面目清晰，快速延伸
高于我的身躯，高于麻雀的窃窃私语
我只能再次撕去面具
一步步撤退
把后半生隐于
一粒随风漂泊的草籽

没有一只鸟会把天空占为己有 （外三首）

谢小灵

庭院的光与影都是活泼宁静的
连同我对你的爱恋也是平静的悲伤
月光源源不断流向果木，树荫
鸡笼边深睡的鸡。浅睡的青菜，潜入深水的鱼
桂花香气在你我之间像个不存在的发言人

你不来，虚空也是多余的
已经数不过来，秋天牵走了多少雨水送给树叶的
　河流
河山被谁压在眼皮底下，一朵花在石头里静静开
　着
几根白发沦陷在青丝万缕之中
要想让任何一根飞出视线，无异于大海捞针
当你命中目标都会伤及周围的一些黑发
就这样一剪刀剪下去，又让我平添一种扔掉人质
　的沉重。

帽檐边的克林

天空值得鸟儿奋不顾身投向其中
崴了脚的白云和扎伤的空气飞进我们的门窗
站在窗边的人并没有想飞出去
这个人自觉地与鸟类划清了界限

在时间缝隙里，牛奶溢出，呻吟声着了火
黑色的星期五被拉直了，手无寸铁的周末
任由一个个演员走进古罗马舞台寂静的帷幔
自己提着灯回家只有萤火虫
它路过不发光的人

这个人正在报废，或者是正品被当做废品的待遇
他分不清果实和花朵
也听不见果核在果实里倒头痛哭

放 海

一道光吞下了宇宙那一对翅膀
山峰被剪去飞翔适合在暴风雨中沉睡
苹果与树有一段稳定的相处
但是果园在暴风雨中沉睡
树下站的那个人拿着果实
对生死之间做了多种想象
不是路喊我出门的
那些朝圣的人一个也没有回来

室 内

你等吧在最冷的冬天棉花比我们更疲惫
荷花已经原谅了满池的污泥
猎物正在原谅猎人
杨梅的光芒在一支利剑上睡去
伤疤原谅了切肤之痛
当水还是一只火烈鸟，谈论洁白之白
收紧翅膀整夜在紫薇树下睡去
也在劝说生锈的雨偃旗息鼓
风让水的生活泛起波浪
叹息的桨划动了手里的大海
你是他独木桥上的花样年华。

偶尔

（外二首）孙启放

天光吝啬，落叶铺陈。
短下去的日子，受惊小兽般缩回蜗居
万物锋刃渐渐成型。
我匆匆走过这长椅一侧的沥青路面
对那个看不清性别的萎靡背影
投过去担心的一瞥。
他一人独坐
令秋天，成为危险的事物

隐身术

没有鸟叫的黄昏是不安的。
有那么多精通隐身法门的人，随在身后

而我如此迷恋于响箭
迷恋这黄昏中携带凶险的信息源
伏在体内的隐身人悄悄提醒：
"响箭会高于林梢"
这比我对黄昏的期待高。

而我已经步下堤坡
惟有此处湖水平
惟有此处可端起大湖作干杯状
惟有此处
可瞥见暮光中的阴影和心头的乌云。

会有一场大雪，落满新鲜的白生生的鸟鸣
会有我在隐身处
对一群躁动不安隐身人提醒的黄昏：

"北风一开口，腊梅花就赶来了"

崭新的旧

我看不清昨天的面目
看不清自己处在昨天的什么位置
人们常说浪费了好时光
它刚刚过去
一本没有机会开封的书
已经旧了
许许多多的昨天
都是崭新的旧
书橱中一本又一本崭新的旧书
静静地等候在那里
像深宫里未经人事的宫女
绝望中一天天旧下去
很惭愧自己的懈怠之心
想一想也就释然
这个世界需要一些空置
一些遗弃
作为精彩事件的参照物
上帝制造出人
一些男女
甚至一辈子闲置了绝世风华
但你不能责怪上帝
上帝说过许许多多的疯话
大多数是掠过我们耳旁的凉风
上帝的怒气一天又一天积攒
也是崭新的旧

桃花记

（外二首）张世勤

她喜欢和春天待在一起
将根深深扎在《诗经·国风》之中
花朵开遍唐宋的山山岭岭

崔护到城南庄而止
刘禹锡在玄都观静思
孔尚任摇一把折扇
汪伦正为李白送行

陶渊明时常做梦
唐婉在自己的墓旁绿化
刘关张在涿州相拜
沈括与白居易争论时令

蒌蒿满地芦芽略短
苏东坡试探一江春水的冷暖
花谢花飞花香漫天
黛玉红消香断

总之，这些年
桃李不言
下自成蹊

母亲的一生

我乡下的院子不大
总感觉有好多个母亲
在院子里走动

有的洗衣，有的淘米

有的做饭，有的收柴
有的提食喂猪，有的撒豆养鸭
满院子烟火气十足
一个个母亲汗水淋漓

等母亲坐下来的时候
她已经老了
夕阳，花发
亲情岁月，像静水深流

不敢设想
哪天，母亲离开后
这座小院是否还会
充满阳光

感谢粮食

秋天的阳光在四处堆挂粮食的院子里
恬淡而又妩媚
那些粮食离开了土地
依然活着
浑身散发出芬芳的季节气息

在我转身的瞬间
我的童年从粮食堆里忽地站起来
吓了我一跳

面对往事
我羞涩地摸一摸粮食做的脑袋
回敬乡村一个原生态的微笑

实力诗人
STRENGTH POET

王学芯
江非
亚楠
施施然
罗爱玉
清荷铃子
林荣
雨橡
周冬梅
麦豆

王学芯 的诗

蓝色高原

束光炫目　那雪山上的光
发出尖锐的啸声　只有一座座寺庙
躲着眼睛　藏在一片片
既未上升也没有下降的
云里

我在高原上行走了几天
寺庙变成晴雨表的房子
经堂意味深长
连同呼吸与肉体　在凝视与虔诚间
歇下白或花絮的飞尘

没有任何一句话　我只记住
布置在天空的经幡充满色彩
跃出的幻想
雪山变得越来越小　天地
在转化成一种景致

我从高原的梯子上下来
肺叶　吸满了蓝色的氧气

透明的早晨

从透明的早晨望去
一座白塔出现在堆着草料的街区
四周的屋顶涂着高原气压
滑动着
青色的烟

我在白塔边站了片刻
脚下散着碎石或灰黑石片
几缕香雾
升过塔尖开始飘弯
像我把纱巾撩向自己后背
往回看看过去

白塔仿佛就是一个背景
烟雾在街区摊开薄薄的沉浮
我像一个过敏患者
呼吸随着日常生活起伏
嗅着自己焦枯的气息

聆听夜晚的大风

风在集结　窗前的空地
如同敞开的口袋　大风涌入
所有树叶掉落
树枝绷紧的肌腱
达到有力的极限

大风席卷夜晚　在城市的楼房间
来回飞跑　转着圈子呼啸

树像被拍打的一只只藤球
在原地弹跳　震颤的动静
投影在每一个墙角回旋
成为
间歇的喷泉

大风一夜后突然冻结
树和城市
在清晨继续平静地呼吸

现在的时光

今夜
我同寺院的油灯坐在一起
窗外的树叶　如同禽鸟
安静栖息　隐匿在夜色之中
我望着墙壁
靠在椅背上抽烟

油灯带着温暖
裹起我像猫一样的清醒
松开的节奏
从游戏的硬度中镇静下来
细微之处的呼吸　一瞬间
云舒霞卷
我真实地变成了
一个不受时间影响的人

倾听外面的树枝和安静
我已不再计算或敲击钟点
像猫一样的眼睛
我的敏锐　在油灯的烟雾里
依然达到
全部的动静和色彩

不一样的现象

当生活和愿望汇成合金
打造出信仰的形状　虔诚就是
一把未来的钥匙

当手指拨动念珠　嘴里
喃喃私语　用气息挡住摆动的意念
酥油灯的火苗　变得笔直
每个僧伽的脸庞
就像擦得晶亮的银钵
干净得闪耀

当经筒飞快旋转　鹰穿过
太阳和月亮在眉宇间的仰视
俯冲到开阔谷地

鹰的翅膀　同样在告诉每块裸石
天地可以折叠起来
任何一个小点
可以变成群山和河流的曲线
自由翱翔

不一样的现象　在归入每天的落日
直到每天的清晨含煦初露
周而复始

在抵近寺庙的路上

远处梵烟缭绕　牧草上
匍匐着一个坡下的寺庙
如同扁平的红色宝石

那个我要去的地方
像风景重复　那里隐秘的诵经
和戴着草莓一样帽子的僧人
披着毛毯
翻动有着纤维的书页
浓厚的味道　如同
一碗酥油茶的回忆

现在我将进入这种场景
再次重新呼吸
超凡脱俗
用自己相似的躯体
留下一个相似的时辰
安定地
被蓝色的梵烟笼罩

梵烟在那寺庙的屋檐伸展
一根插在石头上的佛杆飘动云彩
我在抵近的路上
旋入灵魂的磁场

躺在草地上

仰面躺在草地上
天空轻柔　我的目光飞掠
往昔的云模糊

身体如同一根地上的木条
在潮湿的草丛
变得滞重

所有过去在默默成为隐私
合围身边的一切动静
事物在波动和卷曲
感到草尖
在拔出呼呼作响的声音

光点像撒在身上的一把麦粒
草地摊开巨大的簸箕
等待着鸟
那阴冷的嘴喙　从我身上
衔走滋味
以及心和肝脏

草原的气息

天上的草长在牦牛嘴边
河曲马在云巅上奔跑
肌肉弓起的肢体　鬃毛飞啸
被一抹油菜花
照亮

堰塘的透视镜聚拢眼睛的目光
隐在羊群后面的狗吠　刀锋尖利
脚爪
布满草坪
在围栏上飞扑

随风生长的毡房　花丛涌簇
太阳坐在雕饰的椅子上

倚靠挤满了奶茶的桌面
白雪的碗中
落上了
淡蓝色的花瓣

天上的草原在光中上升
鹰刚好掠过我的头顶

跪拜贡嘎雪峰

现在我的眼睛在雪峰上
雪峰朝向西面　金红色的光
变成一面祈祷的墙
我跪拜在地
一遍又一遍伸出手掌
抚摸接近天空的陡坡

这是一个虔诚的场所　雪峰
直指苍穹　刷在悬崖上的颜料
涂抹着雪和每一片云
响亮的风声
在四周反反复复滚动
形成的麦鸣旋涡
把所有日常的忧虑和缠绕
以及身上的灰尘
吹进悬崖的坑里

我跪拜雪峰
太阳金红色的大拇指印
按在我的脸上　我像在
通过一片精神区域
留下一个
印痕很深的时间

江非 的诗

阿勒颇的祈祷

请你隐去我的名字
请你保佑我不是昨天的我
让我看见我的脸
请你把阿勒颇归叙利亚
把母亲归阿勒颇
请你把记忆和荒凉归我
把遗忘和水归你
请你把每一滴水都洒在人们曾称为故乡的土地
　　上
请你给我广袤的原野
请你让我看到最后的落日
听到最后的鸟鸣
请你不要把我经受的这些留给我的后人

这些天

这些天我在想冬日的集市，妈妈
我在想集市上的咸鱼、布料和风
我在想什么东西可以出卖
集市上也有流浪不止的东西

我在想我是否活在我的人生里
我在想人是否葬在他的坟墓里
我在想我每天出门时你都会在家里等我

我在想雨后田野上那些野草的气味
我在想我在床前脱掉我六岁的鞋子
人们在清真寺里脱掉他们的鞋子

妈妈，你送给我的东西至今在我的身上闪光
我整夜睡不着，我开始
想这些，我想这些
我也睡不着，有什么不让我结束，你让我睡吧

夏日之树

它被砍倒了
因为遮及阳台
以及阳台上晾晒的衣物

一个妇人
抱着孩子
她年轻的丈夫
在楼下挥动着锋利的斧子

几乎就要贴着地面
但为了斧子更好地切入
他选择了离地
五厘米

他选择了它的根
和他的生活
斧子和理性闪耀
根与枝叶分离

他已经把它伐倒了
它被移到了一旁
就像现在的样子

如今那儿
已经什么都没有
时光到了尽头

季节也不能再创造什么

故事里的摇晃

天国一定是我的故乡的模样
住在天国里的人一定是
我的邻居那样
有两个孩子，吃早餐
穿着一件夹克过冬
一定有一辆自行车，可以骑着
穿过天国的街头
沿途有无花果树，和喜欢吃
无花果的女孩
有书籍和读者
白天和黑夜
惟一和杂多
人们围在一张桌子的周围，聊天
和谈论未来的天气
直至一首诗的结束

仙　鹤

是的，仙鹤来自内心——
我和你一起开车去往海湾

很晚了。有一年
夏天，星光闪烁，水面上也有光亮溢出

在一个宽大的门槛内
蓝色的行星，犹如一阵风停止了卷动

我和你，把车停在一棵长青松下
车轮沿着松针，继续穿过世界

在远处的灯塔上，光依靠眨动
唤起人对于人世的不断重复的感觉

我们几乎能看见那闪动中隐藏的银器
看到黑夜中那些细微到无的事物

而仙鹤此时在内心的深处涌起——
但它既不鸣叫，也不飞起

如那些曾经独自伫立的真实的事物
我们站着，面对着海湾，一遍一遍地否定，又一
　　次一次地肯定

冬　暮

自动售货机已经空无一物
孩子们在列队
经过红色的加油站
天已经黑了
雪开始渐渐覆盖栅栏后的草坪
有一个人穿过天桥
要到马路的对面去
手插在温热的裤袋里
有一盏灯亮着
有一本书翻着，页码是四十三
书上空无一人
有已经结冰的水池和早已衰落的花朵
有还未打烊的蛋糕店
有冒雪运送蔬菜的汽车
有一个尚未进入的院落
在某个陌生的拐角处
有一只看不见的手
在抚摩着金色的头像
有个人看着我，不必在战争中死去
有半数的城市还这样生活着，不必去杀死另一个
　　城市
有厚厚的雪，雪不一样，是别的东西
雪覆盖，在干它自己的事

岁　末

我坐在一列火车上，窗外
是空空的稻田
一闪而过，水从水管里喷出，溅起
我想起了多年之前
我见过的那个人
那时，我和他一起在另一张桌子上赌博
掷骰子，钓上一条金色的鱼
那时我们隔着一张桌子坐着
每个人都有一所金色屋顶的房子

除此以外，有一个正在看着我的人
他看着我，他的手里
握着所有的历史和真理
历史是一个咳嗽的胖子，真理
是一个高高的瘦子
我想起，已经很晚了
雨滴从密室里下来
你已经走了
外婆坐在一张椅子里
所有的身体都已照料着思想睡着了，如同
我已输光了一切
我想起，我曾起身探望窗外远处低地的光
所有的灯火都已熄灭了
只有一只眼睛在深处闪亮

岁月如此短暂

1

星期六那天，我们听到的是一个盘子碎了
星期天，看到的是一个罗马人到了伦敦
今天一整天，是一个人站在那里
好多人向他投石头
人们把石头投到他的腿上，投到他的背上，投到
　他的头上
人们把石头投到石头上的时候
天就黑了

2

那纸上写的字，人们不会去读
人们允许它存在

那人头顶上的云已经旧了
人们不会给他安放上一朵新的云
人们看着

人们领着自己的命运
繁殖长长的句子

人们不会用句子

去赞美任何人的命运
但允许万物相互赞美

3

我的母亲活着
可我的外婆已经不在
好多眼睛都曾流泪
但坚持不了一个世纪

我的肉体还在
我的心已经死去
好多人都活着
但坚持不了一个世纪

它们从我们的身上取走所有人
它们住在我们的家里
它们让我们哭了一会儿
但坚持不了多么一会儿

康　德

今天我又读了康德
我又想康德
应该是个虔诚的人
他应该有上帝
每天向他哀告三次

我又想
他或许有一双哥白尼的眼睛
有一颗但丁的心
他没有乌鸦
占卜未来
没有稻草人
带领孩子们回家

他应该有雨伞、礼拜日和一个问题
雨伞是黑色的，礼拜日
是芳香的
散发着那种芒果味的清香
他的问题那么大，显得比一座空空的教堂还要空
　旷

亚楠 的诗

晃 动

影子与影子重叠
的瞬间，马兰花开了
他向往从前，那些马兰花
也是。溪水里的水蛭
在眩晕中
开放它的歌喉
像一只漂亮的山雀

穿梭于白桦林
寂静越长，影子越明亮
似乎加长的荧光板
就可以接近她
关于童话，春天的
心绪格外空阔

也被阳光加冕。仅存
的壁画微微颤动
但时间延续，这空阔中的
明亮不断上升
开花结果，就像风
抖落的尘土

沉思录

风生水起的鸢尾花
沉思。抑或把清凉的花瓣
拓印在古陶上

进入盛花期
之后的蕊和流水

荡漾，在梦中。紫蝶
扬起的翅膀颤动
如丝竹之声

在绿萝攀升时，云雀带着
黄金的羽翼滑翔
打开秘笈
把闪电注入囊中——

雷霆是一种幻觉
制造的疼痛。背负苍天
播撒甘露，和

春的奥义。显然
大地尚未最后做好涅槃
的心理准备

讨 伐

金石声，铮铮
在闪电里。超越自我的
温室效应，下潜

进入无人区
但浑浊的水域布满水藻
就像荒芜的稻田
虚无又寂寥

这情感背离的肉身
漂离，漂离
……带着恍惚。被记忆阉割
的蓝莓抬不起头

如一次艳遇
相逢？都消失了
土地沉沦
鸟声离我们越来越远

落叶缤纷。你看
它们的挽歌明亮又凄惶

预 言

我听见的叫声
白乌鸦。花岗岩峭壁上的
青白色灯盏花像

攒动的火苗
进入春花的葬礼

不必过分熟稔，也不必在
秋之湄装疯卖傻
像一个沦落异乡的人

站在高处
他的草鞋是风火轮的
信仰，转动

在他的命里
开淡白色小花，一直朝前铺展
带着荒芜的爱情

但白乌鸦的叫声并没有
解除他的惶惑

等待鸟鸣

是夜，风起于
白桦林晶莹的渊薮。像一团
迷雾撑起的巨伞

轻轻晃动，跳跃的雄鹿
沿着记忆返回
大河泛起的涟漪

在不可测之地
徘徊。蜂鸟振翅，白鹭的
歌唱像风铃声

铮铮作响。而月光
守候在岩壁上，如长笛的蕾
被夜幕舔舐

疾风驰，火焰
因疼痛而明亮。这空心人
把持的剧场挂满了
枯褐色长藤

距 离

两条平行线延伸的
末端，风淡漠了它。模糊学
界定的滩涂
被不确定性所裹挟

古筝的休止符
像马背上的醉汉，眯着眼
连接回家的路

下雨了，云雀
在亢奋中看见宿营地冒出
的花帐篷蜷缩着
记忆也不能唤醒他

而蔓延的青草
像朦胧诗……他在一座桥上用
铮亮的音符敲打雨幕

呼啸的山林

向上的虬枝
在时光中拓展他的疆域
进入林中
白色银冠的尖顶以
静穆相对应

活着，多么不易

这被目光反复修正的金翅雀
只为爱活着，并且也
为尘世注入
某种活性元素

但记忆保全了他的荣耀
如收割机的轰鸣

沿着碎裂的陶片
城堡内部，红蝙蝠嗜血的
本性一览无余

雾　中

虚拟中，火车脱轨的
消息被隐藏
灌木丛延伸到谷底。像蚂蟥
在体内迅速膨胀

这玩意儿疏密有致
倾心花朵？抑或在表面上
进入了大逃亡

一把弓的倒影凸显
锯木厂，瘾君子的天堂
缀满黑色浆果

存在感缘于疏离

之后的疼痛。在大幕开启前
所有困惑都来自想象
中的绝缘体

像命运。打开的那部分
就是白鹅的领地

变换的光

一束光照在秃枝上
雪折射的陈年旧影带着冷峻
和空白的色调
在细微处，影子游移
这轻微的呼吸
缓慢若影子本身

也没有什么预感
乌鸦的啼叫，在雪地深处
拉长。几棵衰草
被雪映衬，晃动着
经幡的隐喻

呈现出暖色。而水晶的
河面上落满碎银
与我的梦遥相呼应——
可以肯定的是：野鸭在大雪中
用唏嘘簇拥寒冬

施施然 的诗

迪拜，沙漠落日

落日无声地燃烧
光芒旋转着灰烬
寂静向沙漠的边沿蔓延

来不及看清
落满灰烬的大漠迅速变冷
固态的起伏中，驼队消失在夜幕

走远不见的驼队像一幅画
回到你的脑海。那里

装着生命中更多消失不见的事
未及假设一个拥抱的人
一团来不及燃烧的火焰

在我身上落下去
在你身上重演一遍

波斯湾

在黄金炸裂的空中
难以见到云彩。战争的硝烟
已被海水抹去

帆船酒店还在
灯红酒绿还在
石油仍是重的
它沉在海水和沙漠下面
一亿吨蛰伏的雷

那些死去的人
和这人世，一样地轻

在侯赛因咖啡馆

"绿得简直
像进了盘丝洞"
她环视埃及风格的装饰
突然在心底
冒出这个念头

"给我一杯芒果，她要荔枝"
她指了指身边的女友
将新兑换来的埃镑递到
健壮的阿拉伯服务生手中

"这是开罗最好的咖啡馆了么？"
从简陋的洗手间出来
她俩相视一笑，知道
这时候，生出优越感是可耻的

她们坐下来，拍照
默默地啜饮着果汁。对于
各自带出中国的忧伤的心事
绝口不提

社会主义巴黎

朋友留法多年
在尼斯读计算机硕士
在巴黎读经济学硕士
后在法国人的金融投资公司
挣欧元，租房住

每次见面
都像两种体制在辩论
他说京津冀的雾霾
我说欧盟的难民
他说小学同学的父亲
贪腐被抓了
可他留学的女儿在国外
仍然一掷千金
我说上个月尼斯暴恐
好可惜，死的都是平民
最后，他说起
有一次，他一女同学去超市
因正减肥，所以只买了一盒蔬菜沙拉
收银的是个法国姑娘
她同情地打量着瘦弱的中国女孩
"噌"地站起来
从货架取下一大堆食物
"送给你，都拿去！"
好吧，他赢了

在 kawthar 沙漠

日落后，黑暗在沙漠升起
辽阔。鹰一样迅疾
我们摸索着用手机播放伊斯兰老歌
越野冲沙惊起的细汗还未落
抬起头，中东的月亮孤单地悬在空中
像此时我们单薄的轮廓
赤脚坐在地球这一端的沙漠尽头

祷告声打开天堂的缝隙

你可曾见过金色的声音？
在它响起之前我还在沉睡
沙漠在窗外铺开巨大的卷轴
阿拉伯的风牵引着驼队，立在中央

沉睡中我又看到病中的母亲
我按住哭泣的心
拿出所有，博取她的欢颜

记不清有多少次我又回到这个场景

梦中的母亲仍是生前的模样
此时她追随我来到埃及，仿佛圆我此生最大的执
    念

是的，在金色的声音响起之前
我思绪飘渺，裸露着灵魂的痛
当清晨第一声祷告悠扬在空中
我看到白色的光
从裂开的天堂的缝隙飘出

埃及博物馆的猫

它浑身披挂金黄的花纹
在博物馆出口的石台上
庄严地来回走动。当我从地下石宫
法老木乃伊黄金裹身的气味和
后妃们精致的首饰、权杖中
走出，它突然停下与我对视，并冲过来
亲昵地摩擦我的手臂
它，瘦小的头颅抵住我而尾巴有力地竖起
叫声妩媚，利爪狂野
它，耸起金色的身体用力贴紧我游走
让我在惊诧中感受到被爱
它仿佛在阿拉伯语境中听懂了我的汉语
建筑物的阴影外，灼热的阳光穿透四千年沉默
我知道它为何在人群中走近我
与我从世界的另一端走向这里
或许，是同一种力量

孤儿院

或许不该如此称呼。但他们的确
来自妇产医院遗弃的走廊、郊外草丛
或农村厕所那冰冷的粪水里，带着
与生俱来的缺陷，或残疾
而此刻，他们衣着整齐、高低参差地
睁大清澈的眼眸，用听话的
而又自我保护的警惕神色和秩序
从我手中取走糖果、童话书，和我小心翼翼的
    爱
屋角长方形的小铁床上，四个月大的女婴
在奋力啼哭。当她小小的胸腔

震动周围空气，如某种强烈的原始渴望
或对这世界尖厉的质问——
整个砖楼陷入灰色的寂静
短暂的心碎过后，我想我该为她感到幸运
在我小学三年级的放学路上
同样大的婴儿曾躺在花布做的襁褓里
一支白色的香烟，戏谑地插进她僵直的小嘴
而在此之前，死神已把她最后的温度取走

回　家

在梦中我一毕业就回家了。我对老师说
我妈生病了，我得回去。

我第一个离开教室。手里捧着一叠试卷。
千里之外的宣化古城，母亲正锁上家门走来。

我陪着她去菜市场，买菜，散步
说一些家常的话。从此一步也不离开
这是母亲最希望的。

我时常想，我毕业的时候妈妈其实已经得病了
可我不知道，还在外面飞。

刚刚又一次我从午睡中忧心忡忡地惊醒
怅然想起，我大学毕业5年后
母亲查出肺癌晚期
如今睡在一个叫常山陵园的地方，已经12年

海棠记

她们在清明的细雨前
走出枝叶的闺房

一朵海棠就是一个黛玉
一树海棠

是黛玉们结的诗社

花蕊喷吐黛玉的体香
枝蔓摇曳着风流玉质

香气的锈花针击中我
词语的花瓣抚摸我

她在透明的空气里膨胀着青春
在四月的拂动下窃窃私语

转眼来到五月。大地举起太阳
热烈的酒杯
然而她幽深的房门紧闭

六月雨水还在流淌
卷走地上的残红
卷走了年华的胭脂

有一些话，我不知该对谁说

从未像现在这样
我对这世界满怀着疑虑
天光空泛，那只
引领我跋涉的小鸟
突然消失了踪迹
而黑暗中的告密者
成为时代的英雄

仿佛置身梦中
我弄丢了我追逐的东西
那些令我不齿的
堂而皇之摆上我雪白的桌布
占据了我的办公室，和躯体

我该怎样自处？
当我挥出拳头，它们像一团空气四散

罗爱玉 的诗

LUO AI YU

打铁的人

这么多年，他一直和叮叮当当的敲击声
说话，那耀眼的一闪一闪的
忙着搬运生活的光，正在岁月中剥落

捶打，淬火，冷却。他不停冒着汗
不停把铁的骸骨，放进炉火，努力地融入些血
液

北风像一只鬃毛倒竖的狗
疯狂扑咬，把帽檐压低了下，他又抡起了锤
截下一小节铁
截打着自己剩余的光阴

长满茅草的院落里，镰刀，斧子，豁子头
叠堆在一起，像一座无碑的坟冢，他试图替它
们驱开孤独
再小心地锻打些人影儿，在门槛前，走动

蹲在雪中，狠狠地抽了一口烟
他又撸起了袖子，他要再锻打两条发亮的
铁轨，不动声色地通向村口

我不想再用比喻词了

赶车的时候，我差点撞上了
睡在一张草席上的老人，他在时光的遗弃中
静静地躺着，提前到来的寒流
碾压着他干瘦如柴的身体

密密的雪花，密密的人群

我不敢正视他，不敢正视近似于绝望的眼神
一团团的光影，绕过
他好像成了，世界的路人

纷纷扬扬的雪，如同一场浩大的
葬礼，我不想再用比喻词了，只求暴虐的北风
能够消停会，让睡在候车室外
独享一世界白的老人
还能感觉些许的疼。人间的冷，也是免费的

那些侧身经过，小时候，扛在肩头
或被搂在怀里的背影
请扔掉一垄垄，盘根错节的理由
弯下腰，故作娇情地
红会儿脸
把截留的
许诺，还给衰草一样的岑寂和迟钝

偏 爱

偏爱冷色。偏爱北风呼啦啦
撕扯着塑料窗户，结冰的堰塘上抽陀螺的
骑秧马的，人影晃来晃去
嘴巴上沾满爆米花
咬一口有虫眼的苹果，又飞快藏进口袋
这些弄丢了的嬉笑声
常把我生锈的初心，从时光的最后一节车厢
逼出，和粘好又被风卷起的
大红的喜字门联，互补成浓艳的血液

我像一个自闭症患者，一次又一次
沉浸在雪地上爆竹
燃烧的滋滋声里，那些红花散落成
一面面帆樯，一百头

麒麟的犄角，都拦不住这红色的飓风

偏爱冷色。只有冷色，才静止
人间的喧嚣
让纯色的红，更红，蝴蝶结样
在小小村落的
廊檐下，瘸腿的条凳上，激动得走来走去

端着一盆炭火行走，多好

端着一盆炭火行走，多好
炭火是流动的，是敞开胸怀的
我要故意和被大雪没入脖子的草
蜷缩在墙角，舔舐着伤口的狗
将要消失在拐角处的那个蹒跚的人
撞个满怀。纷溅的火星，像祝福
像花朵，像红袍，听不见呼救声的他乡
每个被撞疼的面孔都似一朵行走的
火焰，每一朵火焰都骑着战马在夜风中
哒哒，身后，是谁也无法
阻挡的，彤红的天

深秋的柿子树

盏盏红色的小灯笼，渐渐被岁月隐去
最后一个柿子，枯坐在
枝头，身上落满了白霜
这并不妨碍
一个柿子在村口，执着地
点燃一盏灯

一个柿子，坐久了，就成了
时光里的皮影戏
麻雀，人影，都只是借来的道具
紧攥着悲剧的弦
替她压低嗓子，嘤嘤地哭
雷电铺开折叠的钢轨，把她
上气不接下气的咳嗽
送到天涯

人散曲终后，她又恢复了平静
平静得像死亡，我多想

再种一树盘旋的雀影
让叽叽喳喳的声音，在她身边
多逗留会儿，让她和夕阳围炉小酌
眼角短暂的欢欣
和凌乱，酣畅落下

这种酣畅
比把她吹到尽头的北风
还要痛快
这种痛快，惟有被卷滚的期盼
撕成一道道鲜艳伤口的她
才配拥有。一棵不敢
眨眼的柿子树，只是深秋的，一个隐喻

路遇樱花

朵朵凋零的花，和心尖上
撕裂的，瓣瓣阵痛的思念，有什么不同

从樱花树下经过时，我刚好遇见
铜镜中的自己
隔山隔水的惦念，飘泼似的，跟着飞

这才想起，我已经是你的样子
骨殖，同化，颠覆
已找不到可以修改出口的词语

静坐千年长出的翅膀，只是一个幌子
一个眼神，就能袭走我的
绯红，熟透我的秋，还有什么，可挣扎

拾蒲公英的母亲

我平静地看着拾蒲公英的母亲
只一个秋天，她的头发已和蒲公英
一样白，仿佛洒落一地的悼词

这是谁的母亲，被风
推着，有些趔趄，如果风再哈一口气
她就会像蒲公英样
骨头被吹散得七零八落

一斤蒲公英，也就换几两油钱
她把拾捡的蒲公英
搂在怀里，不敢
生病。动作有些迟缓的她
常把补满补丁的夜
调成一服服黑色的膏药

我的心一阵阵紧缩。这蹭着生活
和蒲公英相依为命的母亲
多像我的母亲啊，我恨不得在自己的心口
咬出一排排牙印
再跪在地上，叩开
她藏在一朵朵菊花体内的
年久，失修的痛

除草的园林工

这是我忍不住想写的一首诗
他瘦小的身子，如一朵墨绿色的火焰
在密如秀发的绿化带里
缓缓移动，我不知道他是躬身，还是
跪着，蜷缩在八月怀里的城市
睁只眼，闭只眼，慵懒地打着呵欠

一朵朵花，一棵棵树，似圈养的精灵
在他渗透的汗水里，盈盈飞舞
他埋着头，将凌乱梳成河流。泛着热浪的
马路上，阳光，像一支支利箭
穿心而过，我耳红脸热，走不近他
无法把我还略有一点

羞色之感的心，还略有些
微烫的血脉，递给，他陷得很深的梦

只能继续用我的修辞，不停地写
我担心，喧嚣的车流
汹涌的热浪，会将浑身湿漉漉的他
叶子样，碾碎，或吞没
只有让我的文字
受命出征，陷入一场
危机四伏中了，并迅疾地
长出些情愫，学着低头，或匍匐

静　止

没有雨。生锈的锁上没有
潇潇的秋色，村庄
那么的静寂
譬如，一根枯颈样干瘪的丝瓜藤
倒悬在屋檐，暮色中
一只黑色的翅膀，悄然掠过半截土墙

那用旧了的竹篮呢
那佝偻着身子，半跪在田埂上
剜野菜的人呢

已经很久了。那些用旧了的人和事
都已静止了吧
那只旧竹篮
那正对着竹篮的，黑镜框里的笑
好像，也静止了

清荷铃子 的诗

QING HE LING ZI

一首诗的反面

一首诗的反面，是一张白纸，
是一张干净的白纸，如同明镜，
我在其间，又写下一首。

两首诗，一正一反，背靠背，
它们互相抵触、排斥，
甚至互相谩骂。
它们谁都瞧不起谁。

我轻轻地将这张白纸对折，
两首诗都不出声了，
它们都看到自己缺少了一部分。
真的缺少了吗？

我的话还没有说出口，
两首诗忽然发现自己的身体，
隐藏了一部分的同时，
又伸长了一部分。

两首诗审视着自己，也审视着对方，
它们忽然伸长手臂，
紧紧抱在了一起

我无声地笑了，默默地，
将一张无字的白纸，对折几次，
扔进了垃圾桶。

作为一株植物

作为一株植物，

我只想用自己的方式，表达爱——

比如，拼命地长高，
拼命地铺枝散叶，拼命地开花结果……

虽然我现在，枝叶凋零，
骨头也日渐腐朽，
我从未后悔过——

我真诚地爱过——
爱过一个叫后湖的小村庄，
爱过穿过村庄的河流。

爱过这条流经我身体的，
照映过每位过客的河流。

作为一株不能万世永存的植物，
我开始好好地爱自己，

好好地爱自己，就是
在向一座森林宣誓——

明天的明天，我们还将迎来，
第一缕晨曦搬运给我们的，
激情的水花。

一张照片

太可怕了——
只是一个眨眼间，就丢失了一个人，
只是一个呼吸间，又多了一个人。

一个站在最初，一个站在结局
拿掉两点之间所有流动的东西，

洗掉所有的色彩。

两点一线，简简单单，相视一笑，
仿佛阳光，仿佛爱，
仿佛轻风、弱柳。

没什么可怕的，
一个对死亡都毫不畏惧的人，
又岂会害怕一具躺在照片里的黑影！

今天开窗

我终于决定，今天开窗
这扇窗户遮挡在我的胸口，太久了！
久得我发现，窗外的路，那么陌生！

一条路是被海水洗过的吗？
那么多的沙石，
那么多的盐粒堆在路中央，路在疼，
我的血管也在疼。

今天开窗，不是最好的时刻，
却是我最期盼的时刻，
最初的雨水，
顺着我的目光快速消失的同时。

我发现，那惟一的一条路，
突然对我展开双翼，
我有些慌神，有些害怕，
今天开窗，一定不是最好的时刻，
可是，我为这一时刻，似乎抑郁了很久。

给 墨

很久以前，写过墨中白
那里面有两株荷的影子。

现在，两株荷的影子，深深地
融进了黑和白里。

墨在水上漂，我们在水下泅渡，
每一次的风云际会，

都会被一张大手从水中捞出来。

被捞出的一张张黑白照片，
我，作为两株荷的影子，
又一遍一遍地走到幕前，被人认知。

其实我也是黑的，
我是白中最黑的那部分，是墨圈起来的那部分
当然，我又是白的，
因为一滴墨，不想淹没我的存在。

一滴墨，不依不饶地泅进我的内心，
它让我的小小心脏，
再一次扩容，再一次震撼，
一滴墨下坠的声音，很小，小得只有我知道
它多么像我跳崖时的叫声啊！

G25 高速路上

我安静地打毛衣
车的速度，路边的风景都与我无关
我的眼里心里只有毛衣

我认为，我的行程，就是无名指上
那根匀速行驶的黑线
绕来绕去的黑毛线
慢慢缩短着行程，慢慢加深着暮色

我安静地打毛衣
突然，一个电话打来，又
一个电话打来，我终于抬头
看了看窗外

那一刻，一枚太阳在云雾里
吃力地下降
太阳与我又隔着一片片落叶杨
和一面紧闭的车窗

我突然有点紧张
我紧张太阳的速度，紧张窗外的颜色
紧张攥紧在手心的毛线球
它很小了，它很短了

我非常担心它
再也牵拉不住缓缓掉落的太阳
我转头对爱人说"亲,你慢点开"
他说,"大势已去,你还是继续打毛衣吧!"

高速路上,杨树叶拍打在车窗上
我听出来,那是扇耳光的声音
这个声音,让人想哭⋯⋯

重要的一天

蜗居于一间斗室,
与一台电脑对视良久,
窗外有阳光和冷风互相绞杀。

我也很矛盾,此刻,如果我手里有剑,
不管是一剑破万法,还是御剑飞行,我都能逃出
生天,
可我并非身处悬崖。

我很累,当过王妃、皇后,还要当一名好特工,
除了保护好主子安全,还要维持那层惟妙惟肖的
关系,
不过是一年中最冷的一天,凭什么刀飞剑舞?

我只是没有做好准备而已!
只要我将声音变为刀,将目光变为弦上箭,
这世界上的小偷和强盗,还存在吗?

这世界上,如果没有小偷和强盗走近我,
我将在一间斗室消失,这件事是可以原谅的!
现在,我的河流正平静地注入大海,
任何人都可以看到我身后的辽阔和苍茫。

圆心说

我有鳍,有翅。
请你不要把我放在水里,不要把我放在天空中。
我害怕水和空气。

水中有火,空气中有自燃的磷。
你要把我放在书架上,或刻在石壁上,或封存在
山洞里。
我在那里是自由的。

我有眼睛,鼻子,
眼睛可以喂饱饥饿的胃,鼻子可以试探未来。
不要考虑我的身体,我的身体就是万物。

万物之下是永恒,万物之上是短暂。
我是它们之间的线索,我有理想,但无人可攀,
无物可寻。
我的前方没有路。

我的前方都是路,我的目标是圆心。
是经过圆心的圆。我有鳍,有翅,但不会游动不
会飞翔。
我需要有人来和我对称。

当世界没有一片净土的时候

当世界没有一片净土的时候,
我的心中,永远有那么一小块地方,
它很安静,也非常干净,
永远属于你。

因为只有你才配进来,
因为只有你才有资格进来。
因为只有我看你一眼,就懂得你的全部。
就知道你那干净的灵魂,是那么迷人那么美!

这个世界,已经被污染得太厉害了,
你不怕,我也不怕,
因为我们本心,本源,都不在这里,
这一小片净土,是接我们一起回归的路。

林荣 的诗

一条带有老虎图案的围巾陪伴
她整个冬季

红酒
火焰
王的坐骑
虎低低的啸声深入到涌动的月光里

她其实一直都隐身在老虎的额头
如果他奔跑
她也会
血液奔流，她知道她一直都爱着这只金黄的老
　虎——
爱着他帝国的霸气

夜色降临
月光睡在虎的胸膛，生出一个绸缎般的词
帝国的版图，她拿得起
却放不下

异 己

她在黑夜里睁着眼睛——不再有梦
这漠然的女囚，她只想
老老实实地
求生——她当然知道这并不是完整的自己
但她似乎更安于做一个沉默的标本
在夜里接受一张模糊的面孔
接受另一个囚徒
颓靡而麻木的双唇

她其实自己掌管着囚笼的钥匙，可以打开夜色中
　锈蚀的笼门

"第三种爱情"

第一种"爱情"：一个流泪的女人
第二种"爱情"：一个擦干眼泪的男人
关于"第三种爱情"

加缪说：把一切都献出来了，却对什么
也没有确认

风

风给我传话，我也给风传话
传话的内容大致相同
并无多大的出入

我传给风的话风当成了耳旁风
风传给我的话
我当成圣旨

零度明月

那不动声色的事物是月亮
人们总说的阴晴圆缺其实和她一点关系也没有
不管黑夜，还是白天
秋雨还是冬雪
她其实都只是零度，不流动
也不结冰

有一点可以确定的是：

她从来就不沸腾，也不清冷
她只是在她自己的位置
让周围的星子和地上的人们一看到她
就心生向往，和宁静

中年妇人

一片叶子，从枝头
摇落，在空中划了一道弧线
人到中年，她越来越专注于孤独之美
不再需要被谁引领着穿过夜色中的玫瑰小径
也不再需要用浓茶赶走倦累的阴影
你对她说起外面的声色……和繁华
她淡淡地说：无雨，也无风
但你可能不知道的是

当她这么说时，心口轻轻地疼了疼
她快速地侧过身去
装作无意地，揉了揉眼睛

持久的空

旧气息和新风尚混合成忽左忽右的光阴
一个喜欢穿复古色调风衣的女人
徘徊在秋风里。她抱着一卷古老的经书走向"国
　　破处"
"国破处"是一个被叫作庄的地方
在这里，一些人曾杀死了另一些人
活下来的人们善用声色影像演绎那场惨烈
活下来的人们似乎从没见过真正的血
如今这叫庄的地方成了景点，每到假期就游人如
　　织
喜欢穿复古色调风衣的女人就是其中之一
她走在人满为患的景区却感到一种持久的空荡
空荡荡的纪念馆重重地
覆盖她
她看到了被坦克碾碎的骨肉
她看到自己的长风衣被明晃晃的刺刀挑起
在空荡荡的天空中
璀璨地飞

这一年

我继续以家为圆心
洗旧了衣裤，洗皱了中年的手和脸
这一年，受伤的母亲不得不亲吻了锋利之物
好多个夜晚我和母亲都睡在刀子上
这一年，夏秋干旱
但玉米谷子都还是保持了各自的本色和风骨
只是甘薯没有了儿时的甜
也听说：村子里又多了些不甘心的人
这一年我偶在电视上看国家大事听国际新闻
大致印象是一些人一些事
继续走极端路线继续与瓷器、玻璃、枪支弹药作
　　玩伴
这一年，《米沃什词典》和布罗茨基一起造访我
惭愧啊我残忍如一只狐继续折磨着词和语言
…………
当我想回忆或者叙述这一年
我试图　使这个时辰擦去浮尘，且具有
某种仪式感

门被关上然后又打开

房间里挤满了雪粒和冰块
房子都快被撑破了

两扇暗黄色的门，两个愤怒的哆嗦着嘴唇的人
他们一声高过一声的争吵来自欲望
他们关起门怕人看见他们眼中的火怕听到他们喉
　　咙里的雷声
当门终于被打开
雪粒和冰块散落出来紧随着
一个没有胜负的身影
若无其事的
脸上洋溢着笑容，看上去和素常一样
祥和——
生动——

没有人知道
另一个人彼时正有着怎样的表情

雪，半夜来敲门

无声地敲
我确信听到了雪的声响，但并没有
从睡梦里挣脱出来

晨起，我推开门
一种蚀骨的、炫目的、安宁的
白——
一种让我从梦里醒转过来的
白——

雪，现在是尼姑庵里削发的小尼
名叫静慈，或者慧安，也可能叫一个我想象不出
　　来的名字

如此交换

滨湖大道通向衡水湖
也通向半明半暗的闹市区
湖面浩渺，即使结冰也要结成一层层涟漪
市区在不断地拆迁
扩张，以新的建筑和红色标语肯定政绩
芦苇、枯荷、电线杆、路灯、学校、家居广场、
　　居民楼
被连接为一个平面
她有几次想象着能和某人在这平面上邂逅
（与一场爱情相遇：
一只鸟儿和一条冰层下的游鱼……）

——这样她就可原谅城市化进程的加速度
弃掉固守的自然主义
在湖水和市区间，摇摇晃晃地支撑：
那些倾斜的
忽左忽右的东西

雪，睡在霾之上

睡在青铜器的绿锈里，不肯落下来
这是一个罕见的
暖冬，病毒疯狂地啃噬

狮子无力，一天天衰弱下去
它其实很想对天长啸，梦想着在冰雪森林里继续
　　称王
然而现在
没有雪，飒飒作响的森林也早已消失
只有灰黄色的烟尘，再生的塑料，血红色的地下
　　水
被驯服的病兽们困在青铜的笼子里
昏昏欲睡
在拥挤的市中心
等待雪，等待落日冲开重重雾霾
等待最后一个活命的机会

一块石头被做成雕塑

一块石头被做成雕塑
似乎就具备了供人膜拜的理由
它不是图腾，也不是某位呼风唤雨的神明
它只是秋老虎最后的
寄托，是一群狂人
在浓重的夜色中看到的微茫
我能理解他们的心情
但并不能原谅他们因为搬运一块石头
砸伤了一棵正在努力生长的树

破坏之吻

她先是用心地
蘸着月光，写下了刚刚好的第一行
"该怎么写呢？
接下来的十三行——"

某个不安分的夜晚
当她看到那棵粉色玉兰树的影子
当她触到了花香
"为什么一定要循规蹈矩
为什么一定要把盛开的玉兰囚禁在
一处狭小的地方？"
手中的白纸散发出晕染的蓝光，她决定
把一个破坏的吻
烙印在
空白的诗行上

实力诗人

52

雨橡 *的诗*

YU XIANG

水乡船娘

昨夜已入洞房，船头的红毯
暴露了你的行踪

廊桥外，绿水荡漾"囍"字
桨声划开闪烁的大红
江南春意飞扬

近或远，多少朵小水花
才能绽开我的点赞
如送给你的祝福，此起彼伏

水乡的神奇，在石桥上圆梦
光阴洞开的真实与虚幻
将我们笼罩在中间

与她漫步湿地公园

以前不想说的一些词
现在都挂在嘴上
比如老了、谢顶了、眼花了

知天命，以至黄昏恋也敢出口
仿佛落日被我们拦下，让它在灌木中
最后一次安抚绿叶

随心所欲从来就不是一个词
步子放慢
脚印就丢在了湿地公园

在花草身上

在流水之中

仪凤桥下
——致 wh

夜色朦胧，不知你能猜到了几分
剩下的一点疑惑，有没有导致你的误判?
比如昏暗的街灯也在想，如何掩护我
月光紧盯星空而放纵了流水
我的爱慕有了机会，至少在仪凤桥下
可以用诗歌向你娇情一次
我忘记脱掉粗布工作服，你的白领被黑了
你说过，我是未经允许抱过你的男人
给湖畔留下了难释的歹意

兰花梦

渴望替代玫瑰，在情人手中了却心愿
——这是你大梦初醒，衍生出来的
一种小情怀

你如此表白，没有人想得通
这分明是占了季节的便宜
又想在时光中捡漏

不是吗，那些梦里盛开的花朵
她们的初心，因蝴蝶的美丽而失控
最终忘了自己的女儿身

你的美

语尽词穷，百花枯于忐忑

我看见天空之舞，惟有
日冕作冠，看见你的亭亭玉立
轻风扶叶，秀色可餐

心扉的签名，都有一手好字
你的美，否定了我的诚实
就像这首赞美诗，每一行、每个词
都已挣脱自我，愿意为你留下
它们真实的名字

当我打开时光书，忘记天命年华
私人订制一份感情
当我不顾羞愧，深深地看着你
心如箭镞……

夜色下

一场大雨经过草木
化为无形
一朵玫瑰，玩起击鼓传花
最终成谜
夜色下，悄悄话太多
枕头开花，那么弱不禁风

送 别

九月，桂花出墙
香飘他乡

性情的白鹭，喜欢孤飞
带几片湖水去了天空
因为有爱，天空变得真实和多彩

离别的话，不想再说
你走的每一步，都在我脚下
你踩下的每一个脚印
都在我心上

初冬归人

很遗憾，我还没踩到落叶

小北风吹过后，树的想法在出新
归雁声声，远方归人
在来路上，招展爱情的模样

为了迎接可人的时日
戒烟，小饮酒，清除隐私
和树一起风花雪月

疑似病人

在吓跑的小护士面前
他咧开嘴，大笑
因为口吃、舌尖上的蜜语暴露了
他心田的春天，及其花繁叶茂的一面

带花边的十字
在一份空白的病历上
滴血。他无法止住，任红心如丽日的晕

小护士喊他的名字，友好地向他注目行礼
他试图捂住单身的疼痛
那个奇怪的笑声终于从疼痛处发出

蚕豆花

四月后，蚕豆花闭了眼
梦见白蝴蝶从歌声里飞来
双翼一张一合，宛如入暮的幻影
在自己爱过的地方
蝴蝶白色的薄翅，如花的笑颜
在无数的"那一刻"
催眠无声

偶 遇

在很深的睡眠中
他经历了一次偶遇
和一个陌生的女人交换眼神
那时树影旁逸，一只黑鸟
突然落地

陌生的女人，就躺在那儿
侧脸看他，没有笑容
那表情就像刚从失恋的笼子中
爬出来，还来不及
把他看成是另一个男人

落叶之上，金色之中

腊月，女人味漫溢
为防冻，她竖起衣领
河流静默。但水路畅通，桨声摸着藤蔓
曲折向前

船在等，迟迟不下水
梅花就一朵，像跟丢了爱情
从此不惹蜂蝶，为坚守
不嫁人

古宅中常有人出走，跨过三步两爿桥
在两棵相爱千年的杏树下
盘膝而坐
在落叶之上，在金色之中

爱的坐标

什么时候，她成了一粒沙
落进我眼睛
揉不去，吹不走
多少次，她收走了我的泪水
清洗忧郁和渴望

像在十字路口，我们一次次
不期而遇
隔远相恋时，互相仰慕
走近了
却又各自低下了头

影 子

上帝的宠爱

在你的秀发上，在你的腰肢
炫耀十八岁妙龄

你不食人间烟火
爱走连环步，拴住自己的影子
害怕被风吹走

但你挡了我的路
还不让我从你的影子上
踩过去

喜 鹊

她站在门口，看喜鹊
用自己的苗条
去辉映屋后竹子的拔节
雨水在门前的池塘打转
不放过和过路人搭话的任何机会
她害怕孤独
手中不停地搓揉柳条
担心喜鹊不飞来
担心喜鹊把柳条衔走

戏台上

像偏食了人间烟火，戏台
醉倒在河湾
那一夜，只下了雨点
相恋多年的情人无情地离去
她的心空了，再无曲可唱
一睡多年

梦中有人手掷千金，买下十五的月亮
为她照亮一片放生的水
风一吹，脸上起皱纹
流水一直想洗刷，而沧桑
谁也带不走

老戏骨又忙于开腔，二胡拉长负罪感
她，重现于风月之中

周冬梅 的诗

打铁铺

叮叮当当，叮叮当当
沉默的铁匠
用铁的品质说话

村里的小芳，路过铁匠铺
那飞溅的火花踩着欢快的节奏
一如郑铁匠的心跳

一想起打了这么多年铁
还没打出一个媳妇的模样
他就气得牙痒痒
打出了身体里一百多斤的恨

回炉，锻造，淬火，冷却
他这块铁，早被生活打得有棱有角
成不成钢，变不变形
都不重要了

他只想早日
被另一块铁吸引

最想写的诗歌

每一个音节
像留守的羊羔呼唤妈妈
那样原始和真切

每一个字，都疼
是笔伸进血管里
写出来的

每一句诗的格调
像接地气的红薯
土得掉渣

每一行诗歌的对仗
像玉米和稻谷排兵布阵
那样整齐

每一个意象
都长着翅膀
但无论怎么飞
绝不离开生活

每一个节奏
像火车这个离人归来的脚步
死死踩住乡愁不放

我想要的生活

有一亩地
种几样小菜
诗歌一样整齐

有一间瓦房
炊烟暖暖地升起

有几朵小花
青春一样
平淡地开

有几只麻雀
像多年的老夫妻
吵架了，还在一起

有一条铁轨
扛在农民工身上
反复叙述他们奔波的一生

有一把锄头
只需一下
就能挖掘到蚯蚓的疼痛

那时候，我的诗歌皱着眉头

镰刀

镰刀长在母亲体内
割掉了母亲的青春
割断了汗水和泪水
还割断了母亲的爱恨情仇

母亲用自己的身体
一次次擦拭着镰刀的锋芒

她像一棵麦苗
或者一株水稻
虔诚地匍匐在刀刃上

稻谷，麦粒，多么完整
那是她身体的舍利

稻草人

成熟，稳重
不急不躁地呆在那里
守着乡村最值钱的乡愁

他有易燃的心事
他不敢叼着烟斗

他和土地一个脸色
表情也从来都不轻松

麻雀命运一样跟着他

好歹是个动词

割断牵绊，他依然不行走
和土地这场恋爱
他用最长情的陪伴表白

插 秧

母亲被五月插进稻田
日子不断下陷
越陷越深
忧伤和孤独
高于水面

下半身与泥土较劲儿
上半身开花结果
母亲活得大彻大悟

从内心深处抽出来的
不仅仅是谷穗
还有善良和爱

不指苍穹
只站着修行
只叩问内心

押韵，分行，不悲不喜
母亲这棵秧苗
一站，就站成了一首诗的模样

收割稻谷

母亲弯腰，稻谷也弯腰
秋天俯首称臣

其实，母亲就是一颗稻谷
忧伤饱满，情欲孤独

弯腰，屈膝，磕头
仍然见不到五斗米
所有的动词

把她这粒稻谷磨掉了一层皮

此刻，她就是一粒赤裸裸的米
悲伤和疼痛，如此坦荡

麦　苗

作为土地的王
父亲是孤独的

玉米，红薯，大豆
嫔妃三千，谁是真爱

麦管直入骨髓
吱吱的声音
吸得我们都疼

五月，麦苗再次亮出锋芒
想收割父亲的衰老
和疾病

动词都不需要了
他已经倒下

母亲不知道母亲节

城里人真会玩
母亲从来不知道母亲节

5月8日，仅仅是一个数字
一个普通的日子而已

在这个老年的早晨
母亲把头埋进庄稼地里
理了半天杂草的家长里短

玉米比她还高
高过她的忧伤
一大把胡须
都是生活的焦虑

那秧苗踮起脚尖长
绿油油的词根
举着希望

母亲走进稻田
像一棵稗子一样不合时宜
她迟早会被生活连根拔起

鸡大人，鸭大人，猪大人
又在赶写奏折
联名上书一个农妇的罪过
母亲节里只有母亲
没有节

箩筐，背篓
依然押送着她驼背的晚年
生活的压力
没有因为母亲节
而减掉一分

太阳这个监工
像东厂的太监
用33度的辛辣
压榨身体里的盐
她一一交出
绝不抗命

晚上，她把突出的腰椎
抵在硬床上
她打算一辈子
与生活硬碰硬

麦豆 的诗

MAI DOU

给 2017 年

二十五岁，我想
三十五岁我会知道更多

三十五岁，我知道
四十五岁会和现在一样

三十五岁，戏台已经搭好
接下来，演个好人

赚钱，不停赚钱，像牛
买个学区房，把孩子养大

浓雾里，处处是悬崖
三十五岁，我已不能知道更多

七月的黄昏

夕阳西下，仿佛要融化
仿佛一枚正在渗油的蛋黄

脱掉衬衫的身体
仿佛一粒粒潮湿的盐

巨大的天空
仿佛一枚无缝的蛋壳

一种巨大的力
让地球绕着太阳不停旋转

水泥地上晒了一天的瓜藤

仿佛已经中毒的蛇精又缓缓活了过来

土　地

昨天是收割机
今天是拖拉机
我惊讶于一块土地
长完小麦，忙不迭又要生长黄豆
劳动
让它充满生殖的激情

我热爱这片对生长乐此不疲的土地
无论是收割之前的小麦
还是收割之后的空旷
都是人类的粮食

夏　日

我们赖以生存的水、空气和阳光
幽静的山林、黄昏里的泳池
一切都变得炙手可热

我们在炙手可热的马路边
吃着一顿略带眩晕，连呼吸都困难的午饭
夏日，或许就是世界末日

恒星的奥秘我们所知甚少
只知道其中一颗日夜燃烧并制造虚无的热
没有缘由地炽烤着绕它旋转的另一颗

我所知道的夏日，或世界末日
惟有阴影或寒冷
是旅人内心真正所渴望的居所

观 2016 年普利策新闻摄影奖

当叙利亚人离开家园
怀抱婴儿漂过爱琴海或者游向希腊的莱斯博斯岛
他们可能死于一场风暴

当叙利亚人离开家园
像牲口塞满从布达佩斯开往维也纳的大巴
他们会在梦中窒息死亡

当人群在叙利亚的街头
遭受炮弹的驱赶，当邻国的铁丝网和警察
令他们原路返回，他们是否还在祈祷

当人群在桥下席地而卧
当迁徙的人类在黄昏中显现出疲惫的身影
从猿到人，直立后我们向前走了几步？

当我看见 2016 年的普利策新闻摄影奖照片
先是羡慕一阵获奖的记者，然后才想到
他们正夹裹在一群难民中间。

归 宿

向远方走了很远，仍在走向远方
走向远方已成为一种幻觉
常常一夜梦醒，回到原点

夜晚降临，深秋来临
倦意不停侵袭着途中的每一个人
让他毫无还手之力

死在路上，死无居所
是对一个人多高的评价啊
仿佛背负一生的墓志铭

G1902

从合肥南至徐州东
我们在一只只玻璃眼睛里望着窗外

或沉默或小憩，安静如兽

一位老者站在路边的山坡上
像一棵秋天的树，引人遐想
一条河的两岸，有人在钓鱼，有人在晒网

一群修剪花草的老人，代替了轻盈的蝴蝶
冷杉间，一台笨重的挖掘机
陷在烂泥里，动弹不得

邻座的婴儿伏在母亲的肩上熟睡
两位年轻列车员的交谈声也没有将她吵醒
世界在她的睡眠里静静发芽

出徐州车站时，天空已彻底放晴
一个太阳挂在西天上
多么安静的人间啊，内心又一次长满了野草

雾 霾

雾霾从人类的体内飘出
来到我们生活的世界
被我们看见

上帝不再造物
人类自己开始造出潜意识里的怪物

这无疑是一个新世界
狂妄、黑暗的新世界

众人身披黑纱
犹如丧父

周末读《圣经》

间隙，我会关心窗外的阳光
风吹动新洗的床单
一群衣服和它们柔软的黑影子

顺便，我会察看逐渐枯萎的绿萝
也许不是因为冬天要来
也许只是我没有一滴露珠更关心它

间隙，我还会对着窗外的青山发一会儿呆
造它的神已离去多年
见青山如见神灵

我不知道，风为什么要吹过阵阵空旷的内心
我更不知道，上帝为何要在星期七昏睡
将偌大的世界只留给人类照顾

卖煤人

初冬
几乎每天早晨
卖煤人
都会用他录制的小喇叭
在同一条路上
徘徊，叫卖

卖煤人
与我们一样的普通人
在村庄逐渐消失的年代
酷似鸡鸣
将沿街的人们从睡梦中叫醒
醒来
感受一天中的第一阵寒意

在徐州新汽车站

喜欢刚刚出土的汽车新站
喜欢一视同仁的售票机
更喜欢不久前生活在这里的野兔和野草

对面的陌生人，短暂的，温暖的对视

我喜欢灵魂散发出的这阵阵香气
为此，我甚至爱上了这趟疲惫不堪的旅途

北京冬天的煤

谁也不知道
北京冬天的煤
来自哪个地狱

北京南站坐高铁南行
天地间都是煤火化之后飘出北京城的灰
到处都是影子，和魂魄

它们手拉手，唱着一首无声的歌
在华北平原上跳舞
将孤独的旅客架在内心的火焰上烧烤

仿佛地球上多年前的森林和土著居民
死于天灾的无辜生命，审判后得以重返了人间
正回来寻找被恐龙后裔所占领的家园

参观中国现代文学馆雕塑群

不朽的塑像
炯炯有神的一双眼睛必须用两个黑洞来表达

更有观赏者要求
从一尊塑像的背后猜出作家的名字

对于活着的人，这些都是困难——
一位死去多年的人，单凭一具铸铜的身体
活过来，这是多少人渴望的事

YAO WEI

姚巍

1994 年生，山东泰安人。就读于西南交通大学。获第三届淬剑诗歌奖。

雨中的陌生人

〔组诗〕

YAO WEI ｜ 姚巍

生活……

他们骑车横渡周末
他半路折回，想起锁和钥匙
穿过丘陵和市区层层的浓雾

他们过桥时，他正从某个狭窄市场
抄一条并不近的近路。从菜叶到
鱼鳞，死鱼眼，猪肉的红与白……

而隧道的入口，短信或已更早抵达
被某个人接收：我不去了。你没来
真是可惜。事后，他们总这样说

随后几分钟，他锁好门、窗
浸入失效的视觉。这短暂的黑暗
多少让观众好受了些……

镜　子

从结局归来，她焚烧
一扇旧窗子。触抵时间的雾

我们的雨，我们独自的
对白，如钟声悬浮。火花
搁于记忆孵卵的浅层

她，拨动镜面和湿头发
摇晃我们的老房子，让风熄灭
流露她潮湿的本质

透过衰老、引力和湖水，我们
再次回到彼此窥视的深渊，想起
各自丢失的罐子。

童年在冰上，笑。她玻璃的牛奶
洒落，那些银色波纹
正漫过回声环绕的废墟

霉斑……

挑选时的凝视
也发生在开口前、遗弃前

这小块的生活业已坍缩，对众人展示
她可见的厌烦、绝望……

我并非没有什么好期待的
而衰落远比婴儿要美

但脚气久了，全身也会变烂

他看着客厅平静的脸，时间在飞渡
大概会在电梯前和解

跳过这一个，我们继续

剥剩下的栗子，咀嚼下午的病历

病 人

雨水击打着午后的病床，和日渐发脆的时间。
已是九月，倒映在静脉里的热气
被进一步稀释。

手背上多出的小孔，并非出于敌意。
他圈养麻雀，在小诊所的输液室
刺透的疼痛是预料之中的剧情
又像是另一个早已结束故事的回音。

无论是白色合拢的房间，上升的
体温计与高三物理
她的眼神已不再让人恐惧。一整天
他都显得轻松、懒散。
没有事再能消耗他的心

衰老的母亲也终于
接受被忽略多时的真相
——他还没变老，就已开始生病

雨中的陌生人

他，自雨天巡演归来
有时小跑，有时犹豫
伴随鱼群旋转向上的汽笛

隔着雨幕，隔着更多被猜测的旅途
和十步一顿的楼梯。时常卷入镜头的路人
把持破旧的宿舍楼，叙事裹挟
这行进过半的剧情

在一个更旧的故事中
他已一个人返回寝室
平静在台灯的海岸下，左手
一如既往步入过期新闻，无限的电路
检阅彩色和灰色的人像
盲目怀念起往事

"秋天过后，我们这里开始整夜下雨。"

他费力完成台词，熄灭植物的火
仓促上场的女主角转身回到脑外
电话不会响，且需要更多生产眼泪的情节
才能回应搁浅的观众席

于是他望向窗外，退回独白的内部
可以多残酷呢，更深的衰老
当秋雨伴随着逐渐轰鸣的割草机

七月……

七月去时，并没有连绵的雨天
蝉褪去它仅剩的壳
虫鸣，干扰英语书上入眠的午后
干扰你过度损耗的听力

窗外，迷彩的施工队和水泥车
已开始填充草坪的中心。
你生锈的胃也被缓慢搅痛
午饭重回身体的温度，梦境深处
潮湿粘连米粒

再不会有割草机从我们头顶驶过了
置身事外，夏天独自发育，肿胀
遵循陈旧的预言。你
却一再滑落旧日记的湖心
寻找一种落水的姿势

坠入幻觉的泳池
生活，它周转自如的阴影

秋 千

那里没有秋千，
我是指在我的童年。

在黄金的年龄，这里
是煤渣的跑道，和尖锐的
铁皮滑梯，
我们腹部接触的
掉漆的单杠。

之后，我们是不孤独的牧童
曾很轻易地向下
如此进入一条鱼的身体。
从一个名字到另一个
潮湿中溶化的
垃圾桶。鱼骨头，猫
正在叼去。

迄今为止，我们仍会
因为一些小事改变。
比如说空气的质量和排座次序
而我，也会依然赦免你的呕吐——
你从没成为过鸽子，
你再没变成过甲虫。

在一个地铁车站

夜已经深了，
你还在玻璃的另一面。

这是无人知晓的时刻，
漆黑得容不下眼睛。
树枝过于脆弱，星光匍匐
像是罂粟和爱情。
你喉间的律法蔓延在大理石上。

所以，你的牙齿有些变黄，
并不是回忆和时间的错。
吃一块硬玻璃，
让黑色的潮湿花瓣不像你
让栏杆从远处合围过来
世界的原理被电池驱动。

可以掩盖石头和尴尬的空气么？
你进入时没有人在看你。
一个少女正在讲述午饭的美味
另一位正在迎接和驱赶：
列车已经可以到达龙泉驿。

把你变苦，银杏的叶子
酷似乌托邦的米饭和哮喘病。

洛丽塔

快要黄昏了，你的心
因为白天的结束而变得疲惫。
雨水落在行道树上
车玻璃也有些忧郁。

"浸了油的膛线是蓝色的"
你告诉我。他曾前往的那个夜晚，
暴风雪里关闭的阁楼，阀门旋转着万花筒

细小的脸颊破碎后，你的双手
压出一块灰色的蛋糕，
落叶往更深的海里沉着，
噩梦，猎人们正将火药捣乱。

"我也许可以教你游泳"钟声的不安
埋着睡眠的寒冷。时间所凝视过的答案
剩下的只有火所熄灭的戏剧。

你又一次地哭了起来，像是
难以愈合的伤口。数次逃走的夜晚
就这样悄然无声地落了下来。

女性诗人
POETESS

青小衣

QING XIAO YI

　　本名张萌，河北邯郸人，70后。中学语文教师，中国作家协会会员，河北文学院签约作家。诗作散见于《诗刊》、《诗选刊》、《中国诗歌》、《星星》等。有作品被收入多种选本。获《诗选刊》年度诗人奖、《现代青年》十佳诗人、雁翼诗歌奖首奖金雁奖、《西北军事文学》年度优秀作品奖等奖项。出版诗集《像雪一样活着》、《我用手指弹奏生活》。

生日帖

·组诗·

我又一次回到村庄

村庄里的人越来越少，一些人
转眼就走到了黄昏里
说着说着就没了。耕牛缓步而行
河水远流，流着流着也没了

羊群在草坡上低头啃着，偶尔抬起头
一只老羊嚼着一把青草
草汁从嘴角溢出。我想起年迈的父亲
坐在石榴树下吃绿豆糕

地上的事物，走着走着就走到了地下
地下的事物，走着走着就走到了地上
枯草丛里飞出的小鸟
在枝头鸣叫，风把庄稼吹睡又吹醒

一个人的时候，坐下来静听
才敢热泪盈眶。还有很多事情没想明白
秋色已经披挂在手臂上
我坐在屋檐下，看着天慢慢黑下来
月亮挂上树梢

寡妇王二婶

男人走后，木门紧闭的庭院
音色斑驳。遮藏在枯叶下的荒径
通向院墙的缺口处
弧形的阴影里，落满了一地遗恨

她每天不停地打扫庭院
那些不安分的雀鸟，来到干净的院子
找不到预计的谷粒
又都飞走了

王二婶一个人躺在床上
村外的那条河孤单地躺在地上
河里溅起浪花，她像河底的一块石头
青苔敷面，以静制动

风吹到她的院子里就停了
墙头伸出的枝条，变成了鞭影
月亮半弯如刀，她夜夜守着这把刀
不伤别人，只伤自己

旧衣服

喜欢把旧衣服压在箱底

总觉得上面，住着不同的自己
总觉得旧时的模样
还没有从里面走出来
袖口有汗渍，领口有体温

总觉得送衣服就是把自己送出去
总觉得送出去的衣服
有一天
会再找回来

老家精神失常的嫂子
身材跟我相仿，却不敢送旧衣给她
怕衣服上的我
走回来时，也成了精神病人

我喜欢的春天

不是春色撩人，翅羽高飞
掠过额头。不是风一阵比一阵暖
水一波比一波柔

睡在地里的人，不再贪恋花枝
不再怀抱谷粒回家
雨水向下，也有睡不醒的事物

满目苍翠的田野，泥土湿润芬芳
草木高过坟茔
盖住了人间最大的悲伤

谷 雨

雨一直下，从南到北

从东到西。这么多雨，我们又出现在
同一场雨里

我们的衣服，晾在同一根树枝上
雨后的阳光，像小小的花朵，一朵连着一朵
缀满我们的衣衫

竹筐里的青草新鲜欲滴
小镰刀像弯月，我们梳羊角辫
还不懂羞怯之美

突 然

去年，我小一岁
也小不到哪儿去，只比现在小
白发没有现在亮，眼神没有现在冷

前年，我小一岁
也小不到哪儿去，只比去年小
脚步没有去年重，心也没有去年疼

记不清是在哪一年，突然就中年了
仿佛刚入冬，夜幕一下子降临
时间提前了

可是，夜长了
睡眠却越来越短。多出来的黑时光
又加重了颜色

等黑夜全部吞噬了白天
那一刻，我的亲人，请不要责怪我
突然把你们都放下了

星星涌动

我的体内，星星涌动
星光耀眼夺目
它们都从下游溯源而来
跌落的瀑布
狭长的槽床
从不为蝴蝶的春心，越过黑的烽火
也不回避火焰之途

温煦的春风里，我的星星
不是春光
也不似春光。它们披着土地的颜色
逆风闪烁
在茂密幽暗处涌动
最大的那颗星，又硬又冷
如石似铁

哦，星星，星星们
耕土犁泥的祖辈，皆受命于天
他们来自高处，归于高处
哦，请不要轻易
仰望夜空
你看，头顶上星星涌动
多么温暖

等我体内的星星老了
夜空更亮了

我需要一把干净的椅子

比我还干净
木质的身子，密不透风
曾接纳过鸟鸣，露珠，果子，雨水
和云朵的抚摸
经历过四季，体会过温差
冷过，也热过，爱过
不曾恨过

椅子是原木色的
也不必雕饰镂刻。避开主位
放在安静的角落里，灯光不宜太亮
但要柔和。我坐在上面
不用说什么

这样的椅子，只一把就够了
有没有人来，它都不空

两棵树

楼下的蛋糕店，门前有两棵树
寒风中，他们把交错的指尖伸得很远

枯枝都流不出泪了

我一直觉得这是一棵男树
和一棵女树。我喜欢从阳台向下望
我看他们，他们看着彼此

我还记得他们夏天的模样
雨来了就欢快地洗澡，互相抚摸
风来了就唱歌，合唱的都是小情歌

不是所有的树都要成材
更多的时候，他们是为了像人一样

在夜里

散发，赤足，洗去脂粉
棉拖鞋，宽睡袍，慢节奏
小酌浅品，看书听音乐，大提琴小号
我的步子和舒缓的乐曲很吻合

沙发，餐桌，浴缸，床
才是我的，阳台上的花草才是我的
窗外的风才是我的，小雨滴清凉
才是我的。我才是我的

在夜里，像是回到人本身
嗅着茉莉的香，他才是我的
我的身体里，河流纵横，河水滚烫
浪花都是沸点

我高烧出满身桃花

我不敢看窗外
桃花太美，我怕自己打哆嗦
咳嗽，桃花会落

小衬衫粉红的衣领
离胸口太近
离嘴唇太近

高烧不退。一头头汗
嗓子里起火

咳出来，也是一朵朵桃花

想到桃花，我病上加病
一千零一夜，我只要一夜就够了
死一回就够了

让火死在火柴里

喜欢糊火柴盒
纸里包住火

偶尔，也打开盒子
一根一根划燃
火那么短
一不小心就烧疼手

剩下两根火柴时
它们并排躺在盒子里
除了躺着
什么也做不了

我见死不救，迟迟没有伸手
我怕一伸手
也成了一根火柴

不如，就让火死在火柴里
死在火里

生日帖

又系上一个扣子，身体似乎更严实了
夏天已去，风里的哨子
越来越长，影子越来越短

这初秋日，每年都在身体上
系一个扣。如今，几十个扣子的身体
已经密不透风，森严壁垒

早起，煮两个鸡蛋
做一碗长寿面，今天不减肥
只减脾气，和车速。像水一样笑出声

秋收在望。许下心愿
万物都要结出果实，我爱的人
平安健康，都有一个黄金的收成

自画像

磨刀人在打磨一把老刀
满脸锈迹，刀刃上，只剩下半寸锋利

这把曾经崭新的刀，出鞘那一年
带着很多奢望，曾想一刀打下个太平盛世

刀在石头上发出快乐的尖叫
水从手指滴下来，舔着刚磨出来的新刃

磨刀人始终沉着脸，额头挂着汗珠子
只把浑身的力使在双臂上

锋刃废过几次之后，刀身越磨越薄
低头磨刀的人，一辈子也没有砍斫的机会

那些刀客，怀揣绝世刀谱，刀法出神入化
最后都退出江湖，隐身而居了

我神情恍惚，有时是那个磨刀人
有时是那把刀，有时是那块磨刀的石头

秋

脱落的长发，从头上
缠绕到地上。蝉声一点点深入
潜伏，身体大面积沦陷
逃离的，背叛的
东西越来越多，没有新的可换

窗子必须关严些，一点儿缝隙
风就呜咽。阳台上，植物从叶尖处
烧，一场不动声色的火

秋水还在阳光下滚动，白
是今后的标识。槿篱风，清寒月
我择良辰，放虎归山

先清扫地面，等一场又一场的降落
从局部到全部，盖住人间

不提记性，一些轻微的
或用力的细节，说忘就忘了

风来了

风无声吹，我注视一群蚂蚁
屋檐下有巢穴。更大的风就要到来
更大的，无常的事物，注视我

我动了搬石头的念头
风助我力，就像无常的事物搬动高山
召唤雨季，种子长成玉米，大豆

在风中，越来越警觉
手里的细微之物，速度都快得惊人
一些落地的声音，又轻又刺耳

惊蛰日，拔罐有感

后背点火，拔火罐
八十分钟趴着的姿势
足以对怀抱的枕头产生爱情

火罐渐渐用力，拔
或者揪。封闭，阻塞，凝滞，挣扎
众脉俱开

皱紧眉头。入梦
破梦，从隐晦，混沌，疲软，羁縻中
自我开禁，消戒，松绑

像一壶烧开的水
冒着小水泡，沸点控制在体内
不外溢

春风吹欢蝴蝶的翅膀
邻床的女子，起罐时
痛苦的呻吟，像叫床

起罐时，我也想叫几声
但我终于忍住了
我只是把枕头抱得更紧

今天惊蛰，阴阳气度运行碰撞
龙要抬头
适合听到阵阵春雷

春分日

青梅如豆，桃杏半开
一匹马，从太阳和月亮之间穿过

燕子回来了，带着滚雷和闪电
风筝高飞，最好的祈愿都在天上

春风是清醒的说春人，说得水软
山高，万物都有了对的方向

田野里，野菜顶着小花
适合熬成春汤，清洗弄脏的身体

簪花喝酒的人，踏青归来
欢宴散去。怎一个"分"字了得

我是最后离席的那个人
在我身后，草木没过弯曲的腰身

请允许那些止不住的悲伤适当流出来

□ 青小衣

　　人世里的许多事，注定是无法在短时间内释怀的。有时，一回头，一个坐姿，一句话的表情，都会反复地，清晰地在脑海上演，无法抹去。

　　就像此刻，野外，春风还没有来，花朵还没有开，二月的枝头还是光秃秃的。脚下的大片枯草，在寒风里，抓着冰冷的泥土，地下的小兽和虫子们在缩着身子睡觉。道路少了花边点缀，河流步子迟缓，溪水干脆停下不走了。冰层下面，浑浊的水里，泥鳅、小虾小鱼，各种微生物，都像腹中的胎儿，等待经过挣扎阵痛后的破冰。生命轮回，该返青的都会蓬青挂碧，该复苏的都会舒展筋骨醒来。而我，清楚地知道，那些走远的人，永无再会之日。沿着冰雪融化的河畔，我仿佛听到了风里奔跑的脚步声，但那再不会是她，他们。有些人，在万物芬芳的年龄，过早地跨过一道门槛，成为我们心中最明媚的伤痕。

　　大学同宿舍的好友海英，毕业后考研，去了省城。而我，很快就结了婚。她坐了大半夜的火车，还是没赶上我的婚礼。当她抱着一个大布娃娃赶到时，迎亲的队伍已带我遥遥启程去了异乡。两年后，她分配到老家的县一中教书。有一天，带着一个男了来访，见我，异常兴奋，脸涨得通红，告诉我她要结婚了。老公赶紧沏茶待客，男子坐在沙发上，两手夹在腿间来回搓着，直到吃完午饭离开，也没说几句话。那个冬天，天气异常寒冷，我怀里的孩子才四个月，她不让我去参加婚礼，说结婚后来找我，却一直没有来，只打电话说她回了男方农村的老家结婚，家里穷，条件不好等。再后来，传来她宫外孕去世的消息。那一刻，满屋子都是她涨红着脸兴奋说话的样子，沙发上坐着那个男子，床头是她送的大布娃娃……我也明白随着悲伤的流淌，已不能穿过或咫尺，或天涯的距离，心灵的呼唤，再也等不来一个会心的回应了。

　　直到后来搬了家，一切记忆才渐渐走远了。但悲伤永在，还会在不经意间流出来，从指尖，眉梢，从心口中，眼睛里。那场景，那些音容面影，和微枝末梢的细节，萦绕在意识里，像无数小虫子啃食我的心。

　　还有一个高中闺蜜，我上学时经常去她家。她的母亲和蔼端庄，眼里有慈爱的光，在她上大学期间，突然去世了。我像失去亲人一样悲伤，很长时间，脑子里满是她微笑着站在桌前招呼我们吃饭的样子。闺蜜毕业后和一位高大健壮的复员军人结婚，有次我带孩子去她家玩，赶上他有急事要出门，招呼我说改天请客，没想到一个月后，突发脑梗没留下一句话就走了。闺蜜一下子变得呆滞而寡言，像变了一个人，好在他们的女儿很优秀，长大后考了很好的大学，让人心里略感欣慰点儿。而今，事过多年，闺蜜依然单着。她说，怕自己命硬，不敢再结缘寻找亲人了……

夜了，睡了，醒了。弥漫的思绪，把心灵窗外的风景不留余地地笼罩。悲伤，像一列火车，去了总会还来，带走一些旧的悲伤，也带来新的悲伤。而生命，更像一个重担，需要拼尽全力才能担起。

也是一个年节，一张病历单出现在我面前。我捧着自己的一个乳房，那么害怕失去它。躺在手术台上，冰凉的刀刃划过我的肌肤，鲜血喷得老高，染红了一块块止血布。然后，敞着刀口躺在手术台上，等着初步的病理结果，墙上的时钟，分秒乱剁，紧张、焦虑、恐惧牢牢揪着我的心，我感到死亡离我那么近，汗水湿透了手术台，直到大夫附在我的耳边说没事了，刀口可以缝合了，才缓过神来。感谢上苍，让我渡过了一关。有人说，人在最悲痛最恐慌的时候，并没有眼泪，眼泪永远都是流在故事的结尾，流在一切结束的时候！是的，在死亡的边缘，我没有哭，我的故事还有很长的情节，等待我去书写。这次手术后，我爱上了诗歌。

走在写作的路上，接触的人和事更广了，悲伤也就更多了，像呼吸无处不在，猝不及防。去年夏天，正定的文学院改稿会前夕，田静，一个美丽的女子，出乎所有人的意料，丢下双亲和四岁的女儿，说没就没了。容华谢后，不过一场，山河永寂。在正定的改稿会上，看到她的座位牌，让人唏嘘不已。那天夜里，窗外下着雨，我写下了《正定，一场来历不明的雨》以此怀念伊。

生命会静止，但时间永不停息。正如年年岁岁花相似，岁岁年年人不同。只道是不悔梦归处，只恨太匆匆。生活就是这样，总带来些意外和变故，我们无法回避，只能咬牙面对，承受，等待伤口结出花朵。而我，有诗歌可以消解郁结在心头的疼痛，让悲伤随着分行的文字流淌出来。这是不幸中的幸福吧。我也始终相信文字是有温度的、可以互相取暖，人与人之间，需要文字的诉说，和覆盖。

我爱诗歌，爱文字。我不祈求它为我添财添寿，只希望它能为我添睿智，添豁达，添情趣。因为，快乐和欢呼是我想要的，渴望的。

当然，心中有疼痛，逆流成河，也请允许我呻吟。Z

大学生诗群
POEM GROUP OF COLLEGE STUDENTS

刘理海　吴天威　戴建浩　零馥笺　米吉相
阿加伍呷　陈　东　左　手　焦伊宁　霁　晨
李　益　颜　亮　邓　博　陈　欢

刘理海　LIU LI HAI

1990 年生于江西南康。上海体育学院硕士研究生在读。作品散见于《诗刊》、《青年文学》、《中国诗歌》等。《中国诗歌》2013"新发现"诗歌夏令营学员。著有诗集《植物拥有魔力》。

给蜀葵的信（节选）

一

我们经常从天气开始谈论一天的生活
你早早地把多肉植物搬到阳台上晒太阳
它们多幸福呀，我羡慕它们

我便从花鸟市场买回一盆绿萝，我看中的是
它顽强的生命力；我把它闲置了两个星期
叶子开始枯黄，就是想等你责备我

二

我小心翼翼地把绿萝的枯叶摘掉
按时给它浇水，光合作用是如此美妙
新叶生长，而后饱满
我似乎感觉到的是自身生命的愉悦

你也把洒在书桌上的阳光寄送给我
那么轻柔、明媚，还带着字里行间的
书香味。哦，美好的事物总是难以把握
我反复琢磨，生怕有人把我的心思看透

三

你又生病了，我开始厌恶冬天的一切
冬眠于你并不美丽，恒仁路上落满了我的怨言

帕斯捷尔纳克对现代抒情诗歌传统做出了杰出贡
　献

我也厌烦他，他不能为我找到一个恰当方式
进入你的世界，为你抒情，为你驱赶噩梦

四

以前我们都是在地面行走，你来县城的时候
一起在脏兮兮的小店里吃着牛肉，很带劲啊
我怀念那个夜晚，老旧的灯光透过车窗忽明忽暗

而现在，大部分时间我是被交通工具在地下运输
从五角场到人民广场，从巨鹿路到嫩江路
金黄的银杏叶落满一地，各种宠物狗在上面撒野

它们享受着孩童的待遇，快递公司里的两个男孩
只能自顾自地玩耍。我乐于把一些琐事与你分享
我还给你讲这里的小商贩如何躲避城管

五

午觉醒来，窗外水杉在风中轻摇
偶有飞鸟啁啾，这在都市是难能可贵的
平时只有在辅导员办公室值班的时候，听听
花鸟市场吵杂的鸟鸣和笼子里不安的犬吠
也算是与自然亲近的时刻吧

当然不比在乡下我们看到荷叶下的鸭群自在
它们羽翼丰满、光洁，在水中觅食
无需喂养，无需讨好人类
我那时跟你说过，我比它们活得还累

我一次次地密谋失败，一次次地委曲求全
但等到了你，你在的时候，我第一次看到了
县城的颜色，原来它的温度也如此令我沉醉

而在沪上，色彩斑斓，人来人往
我以猎奇的姿态从一个地方进去，又从另一个
地方出来，中间省略的部分
我也不知道是何风景，无法向你描述
如果有一天，你出现在我眼前
我们就把被忽略的部分一一描写一番

吴天威　　　　　　WU TIAN WEI

　　1991 年 3 月生于贵州荔波。贵州大学哲学与社会发展学院 2016 级美学硕士研究生。作品散见于《星星》、《诗选刊》、《民族文学》、《绿风》、《诗歌月刊》等。2014 年参加第 7 届《星星》诗歌夏令营。2015 年获贵州省第二届尹珍诗歌奖新人奖。

归　来

黄昏。落日。电线杆坐落
在公路大桥的两端
白色衬衫。货运司机。一辆急驰
在山前的客运汽车

你在途中睡着。一号座位的窗外
所有的石头，树木都在奔跑
晚霞即将在白天消失

你在车上醒来，距离小七孔不足一公里了
宣传栏。收费站。一张工作人员清新的脸
多么可爱，而陌生的人

在县城周边的村镇上。多么
干净，而熟悉的环境，草垛。平顶房
缓缓流动的小溪，一匹马自由地吃草

拥抱早晨

6 点 10 分背上行囊出发，荔波——贵阳
街道上人声嘈杂，菜市场，校园门口，客车站
卖糯米饭的大姐坐在三轮车上打理生意

新的一天即将步入正轨，更早起的清洁工人
无视了这一切的发生

她们朴实无华，坚守属于自己的领地
现在，只有她们才是这个领地的主人

打理城镇的衣裳，拍拍一身灰尘

戴建浩　　　　　　DAI JIAN HAO

　　1994 年生于广东云浮。就读于韩山师范学院。作品散见于《韩江》、《石竹风诗刊》、《长江诗歌》、《高校文学》等。

诗人磨刀

有时候他更情愿变得通俗
厨房里专心致志地磨一把菜刀

斑斑锈迹如同杀不死的癌细胞
反反复复侵蚀原本铁打的身体

当初的那些闪闪银光早已不复存在
他甚至一再坠入刀身的黑暗之中

即便语言最终能在磨刀石上开花
自己也难免会满身污垢

究竟是谁说的宝刀不老呢？
他向崩口的菜刀发出一阵冷笑

——是的，为了生存
必须不断磨出新的刀锋

我能够看见

一群文盲的候鸟凌乱飞过
当天空用烟囱沉醉地吸烟

纸飞机从瓦楞乘风而起
屋檐的蜘蛛仍旧迷恋着线条

水渍和青苔于壁上共图大业
猫却已在角落里称王

小儿用慈悲塑成一尊泥菩萨
亲自送她过门前的河

田野到处注满季候的激情
稻谷已准备为未知献身

今夜，我在潮州街头

今夜星火盲目，悲伤运走粮食
我空腹走在潮州的街头
像从键盘上脱落的空格键
让店面与店面之间
让你和她之间
——加长了距离

那么我应该把自己算进除法
去充当个余数。我会逐渐变小
一副与世无争的样子
也会尽可能化为零，这样一来
我就可以全身而退了

但是关于归处，早已成了哑谜
这和去处是一样的——

今夜星火盲目，悲伤运走粮食
我空腹走在潮州的街头

零馥笺   LING FU JIAN

　　1997 年 9 月生，广西天等人。福建闽南师范
大学国贸系学生。作品散见于《中国诗歌》等。

我们离得太远

院子里，冰套上厚重的盔甲。
窗户上，白霜一重又一重。
我烧旺闲置的火炉，
屋外白雪一地又一地。

最常去的白桦林，

铺满了一地的枯枝。
世界脱下鲜艳的外套，洗去脸上的笑容。
褪去温柔的绿，灿烂的黄，
铺天盖地的白，
藏起所有情绪。

我们离得太远，
心事不知从何说起。

致 F

我写信给你时，
老槐树已经开花，一朵，一朵……
惨淡的柔瓣，
像一团团白色的云。

你还可以，闻得到
信中没来得及散去的墨香，
它带着老槐树
青了一个春天的凄清。

你还可以，从墨香里
听高堂盼凯旋的号角，吹了一年又一年，
看到怨妇编织的冬衣，积了一件又一件，
而槐树上的那些鸟儿，睡了一冬又一冬。

然后你可以在信的空白里，
数我鬓角的白发。
它们时时抚着我——
眼角细碎的皱纹。

米吉相   MI JI XIANG

　　90 后，生于云南。昭通学院人文学院本科在
读。获樱花诗歌奖、高校野草文学奖、邯郸大学
生诗歌节诗歌奖等奖项。

汽笛暗语

在江城，每一个人
都把自己打开。尝试续接

两个城市，甚至三个城市之间
相互排斥的成分
比如，方言统治方言。语言流血牺牲的骨骸
在酒杯的倒影里活了过来
那个一直叙述汽笛的少年
一定是个书生。一定是个时常离别
又多情的书生。他正用二十多年来
收集的目光仰望
这些城市之间迥然不同的部分
在江城尚温的城市里，勾勒自己的雏形
或是白衣飘飘，或是用一把
夹杂着墨香的画扇掩面。从来没统一
惟有汽笛还在循环暗语
他不知道何时归来，我也不知道何时离去
在彼此交织的年度里
互相多看一眼。举杯又多喝了三五口

身体的薄弱部分

每一个细胞都试图突破
身体预设的防线
攻伐每滴血液汇成的河
有时，又自我沦陷
身体薄弱部分
比如，胡须掩护的上唇
比如，赤裸的太阳穴
而她，一个执着于爱情
宁愿把自己置于沉默的女子
她最薄弱的部分是心
那离开脑袋又尝试逃回的故事
总攻破她记忆防线
摊开她的悲伤与忧郁
有时，也会直接攻入血液
试图凝固，敲碎
她固守的某种情愫。自始至终
她都一直设防与坚守

孤独者自述

与酒交好，与寂寞交好
偶尔走进深夜
在街头排成人字，以风为被

借城为床，不时借道巷子
期待一场艳遇，不问身世来历
不自报家门。扔掉粗俗
扔掉两性之间的赤裸成分
在街头，同一个深夜不眠的女人说话
即使，心跳还在加速
依旧要假装无邪恶的想法
说出自己的身世
澄清自己为人君子，无案底
不谈男女之事，自述一个少年性苦闷
自述于深夜借孤独酿酒
或者自述此刻极其容易触伤的话题
喝下力道最强的那杯酒
再陈述自己下过地狱
见过鬼魂，在变成厉鬼之前
自己身世澄明，确实秋毫无犯

阿加伍呷 A JIA WU XIA

笔名阿保，生于 1990 年 11 月，四川凉山人。四川大学中国现当代文学专业硕士研究生。作品散见于《星星》、《四川大学报》、《自在诗文》、《山鹰魂》、新加坡《五月诗刊》等。获第三届马识途文学奖。

上午的秋雨

星星——
天空耕种的眼睛，
通过月的窟窿，流下光的眼泪。
白天，太阳的匕首
收割每一颗长满果实的星星。
流星是生病了的星星
回到大地来疗养，医药费是:
康复后，再也不能回家。

停电以后，那些文明人
宁愿点蜡烛，凭借人工的光，蜷缩在屋里
也不愿意，走出门，仰望仰望
星空中这些闪闪发亮的花骨朵

你的过去是一场雪，落进……

村庄是没有墙壁的监狱
被诗歌判处死刑的人，都关押在里面
祖父的皱纹是一只羊角转了三圈的
白色公羊，等待时间，宣告死亡
白色公鸡是云丢失在村寨的荷包
毕摩要用它来为吉祥仪式，作祭祀牺牲
秋天落尽木叶，是为冬天腾出空间
好堆放上一树一树的雪
你的过去是一场雪
落进，我今天刚栽好的园圃里

陈东 CHEN DONG

笔名南希砚秋。福州大学人文社会科学学院汉语言文学专业 2014 级学生。钟声文学社成员。

桃子对桃花的珍藏

放弃桃子对桃花的珍藏
放弃所有劫后余生的幻想
春天的雨水丰腴
躲过太阳追杀的严寒从肺腑漫过胸膛
再封住我们的喉咙和口腔
惟有两只死死不肯合上的眼睛
流出后人膜拜的谎言

盛夏光年，我以鳞片预言深秋

我是天上的一只鸟
目睹一片青涩的海洋
南方的榕树不肯老去
我心爱的姑娘，不肯回头

阳光明媚，树影斑驳
我把我的寂寞藏在马路的尽头
如果海洋干涸，我会收拢我的翅膀

以朝拜的庄严，与你相遇

我是水中的一条鱼
仰望一片浅蓝的天空
镜子里的水草浮动
我心爱的姑娘，已经离开渡口

盛夏光年，我以鳞片预言深秋
大雨淹没我的巢穴
巢穴是三千万年前的老树
那时的你，还不会打扮梳妆

左手 ZUO SHOU

本名王华，90 后，生于湖南武冈。重庆大学建筑城规学院学生。诗歌散见于《星星》、《作品》、《中国诗歌》等。获第六届包商杯全国高校征文诗歌三等奖、第四届全国大学生野草文学奖、第三十三届樱花诗歌奖等奖项。

寄居蟹

我捉住一只寄居蟹
在缀满贝壳的礁石里
他小得如此可怜
身体蜷缩入一枚小小的海螺壳
我盯着他看
两种事物结合得如此恰到好处
正如大海寄居天空
爱情寄居婚姻
名著寄居盗版
民族寄居祖国
青春寄居啤酒
我寄居在人类体内一样
上帝一旦捉住人类
就等于拥有我的一切

椅子忘记落叶

北方初雪抵达山城时化作冷冽的微雨

洒一阵子就停了，这患了白内障的天空
空洞的眼眸凑近人群木讷的秃顶
嗅一嗅满是烟火味的叶子

活在这一只毫无实质的眸子中
整日保持一种恍惚状态，忘记门口
这棵熟悉的植物叫什么名字
像一只患了老年痴呆症的猫头鹰四处漫游

我在等天黑，天将黑了，天黑了一整天
依旧是一副灰蒙蒙模样
压着胸腔，将生命逼入一张木椅
今秋，这枚椅子忘记落叶

焦伊宁　　　　　JIAO YI NING

西北工业大学大四学生。中国诗歌流派网编辑。作品散见于《诗歌周刊》等。

命　运

第一次读那首诗的时候
我还年幼
一个不知名的诗人写了它
然后被众人遗忘

但它成为一个生命
再也无法被抹消
在不自觉的注视中
刻入我幽暗的历史

时间之河蹚过我的身体
时常，那些词和句子，上浮
映入脑海，或者，下沉
生成命运

昆虫学

浅绿色的玻璃罐
曾经装腐乳

我双手捧着
在荒芜的圆形广场
他又放入一只蟋蟀

直到虫子铺满瓶底
我寻找，那些漆黑的眼睛
正透过厚玻璃窥探
是惊恐还是麻木？

我愧疚：
这个闷热的罐子里的晚上
它们的细腿踩着彼此的脊背
竭力支起躯体的壳
然后滑落，倾倒

他在教我它们的习性
我谨慎地观看
那些焦虑而密集的躁动
鼓荡器叫的风
我甚至产生了兴趣

"回家吧。"够了。
我把它们倒出来
然后跳得很远
看着这些小生命，回归暗处
试图忘记
昆虫学燥热的讽喻

霁晨　　　　　JI CHEN

本名郭建豪，1998年生，广东陆丰人。深圳信息学院学生。获第三届"相约北京"全国文学艺术创作大赛一等奖、第三届中外诗歌散文邀请赛二等奖。中国诗歌流派网90后诗歌板块编辑。

今　夜

今夜所有嘴巴被打上封条
青春站在了风口
今夜我们呼吸如晚年

光呼啸而过，没有火

今夜是真理显现的时刻
小小的愿望被寄走
今夜是一千辆马车挤上游轮
一万把枪支堵住航道

今夜不再回头

今夜你的心在结痂
爱情的骨头长皮
月亮包揽所有季节
水仙在上吊
死者不会原谅今夜

今夜是所有的夜

黑色的信

我用黑卡纸写一封信
写雾霾、黑洞
和杀人的矿井
迷路的广告袭击村庄
在冬天
旅行箱告别这座城
钢笔正徒步穿越遍野的砾石
我将告诉你他们如何死去

假如你读这封信
在灿烂的中午
那么我写下
"爱情"，你看不见的
所有隐秘的思念
与公开的秘密在此和解
躲在墨迹深渊中
一颗烧着的黑暗心脏
永恒，跳动

李益 LI YI

1995 年生于重庆酉阳。就读于重庆商务职业学院。海鹰诗社成员，中国诗歌网重庆频道编辑。

秋风吹过的村庄

冬天的冷雨迟迟没来
乌江的身子骨日渐瘦了下来
浪花拍在石头上的声音
比以往都明亮

山北的风一股劲地向南吹
荒坡上的杂草
黄到不能再黄
光秃秃的树，突然硬朗起来

这时候的村庄
和几只麻雀找食的田野一样空旷

与时光书

时光是深谙人情世故的
懂得如何平衡事物的两面性

比如，把日子分作两半
命名，白天和黑夜
我们在一半里手脚不停地
忙前顾后
一半里枕着鼾声安然入眠

还比如，我们一半活在人世间
吞食五谷杂粮
一半活在另一种坚硬的事物里——
用一块上好的石头作墓碑
又与草木为伍，看它们
如何生长，如何枯萎

颜亮　　　　　　　　YAN LIANG

　　西北民族大学少数民族语言文学专业宗教学（藏传佛教方向）博士研究生在读。

善知识

牛羊是草原上的善知识
经幡是万物生长的班智达
那些爱着的事物总是轮回
在不过灰尘大的小千世界
走过十二个月　走过执着抑或割舍
一直在抵达胜义　却从未到达慈悲
草原天亮以前　我们只是众生
在各色建筑上添砖加瓦
在一路迷执中增长计谋
信仰的重量那么远
总是经历所以善结网的称重
而我的草原　神灵却铺在金色的山坡上
朴素的接受索求
比如：天亮以后　这里丰满水草
这里种满云朵　所有奥义的道场
不曾增减　从未空无

果　实

在草原腹地
惟一不能被伤害的果实——是刻满经文的玛尼石
我和身披氆氇的僧人一样
用年轻的肺吐纳一草一木的来历
那些选择洁净的文字
染白庄严的神灵
每时每刻经过头顶
看顾圈养在天空下的生灵
我所在的高原
没有神秘　却布满桑烟的秘密
那些年　生长在浮生中央的我
在万水千山之外
忽然醒来　有无数个神经过恭敬
迷恋喇嘛与经文　迷恋诵念与占卜

迷恋坛城一花一世界的菩提

邓博　　　　　　　　DENG BO

　　曾用笔名般弦。汉口学院大四学生。作品散见于《长江诗歌》、《北方文学》、《南方诗人》等。获"网海杯"三等奖。

忘　痕

忘记世界还有姓名　忘记房子还有窗户
忘记雨水和伞　忘记荒原上　死去的
鸽子的碑铭　风在燃烧　历史在燃烧
音乐在燃烧　月光在燃烧　忘记坐下写信
我的钟声已忘记　我的影子和睡眠已忘记
我的昼夜　太阳忘记　无碑的森林和无碑的河水
无碑的鱼死在忘记里　无碑的忘记里　我在燃烧
街道和城市在燃烧　天空和飞鸟在燃烧
花园在忘记　炊烟在忘记　无碑的燃烧
燃烧的头发在忘记　人在忘记　我的忘记在烧

今天平安

早晨打开新闻，太阳打开窗户
我交给了八点钟远方的家与社会
历史交给了一份报纸上的数字

今天，空气可以很干净
我可以给你写信，房子在大地上等待
秋天，北雁南归，祖国可以发展
我可以吃农民种的菜，在村庄

泥土平安，从大山而来或回归大山
今天的幸福告诉母亲，也告诉太阳

陈欢 CHEN HUAN

1993 年生，湖北随州人。湖北工程学院文学院汉语言文学专业学生。湖畔诗社创始人。作品散见于《作家导刊》、《齐鲁文学》、《中华文学》、《长江诗歌》等。出版诗集《摘星的人》。

南方，南方

在餐桌上
他们谈论着南方
一个名词的二十岁和四十岁
乡音难改的方言，像一群蝶
频频出现在这个夜晚
当他们互碰酒瓶的时候
我一边看着月亮
一边搅动碗里的鱼汤
按逆时针方向，将剩下的鱼刺挑出来
谈到动情时，他们会落泪
彼此对视，脸上却挂着微笑
二十年前，他们在南方
割麦，穿着布鞋在水里捕鱼
二十年后，他们在南方
开了一家大餐厅，盛卖海鲜
天色渐晚，餐桌上的鱼刺
用手指可以数得清

而头顶的月亮　忍不住
偷偷地向南
挪动了一下

镜　像

大雨过后
城市天空逐渐明亮起来
阳光下——
一群人，一排路灯，一个贴满广告的电线杆
站得笔直　平行
广场上一座老式建筑，刷了新油漆
柏油马路冒着湿气，一阵一阵
有些刺鼻

大雨过后
城市轮廓在高楼的玻璃幕墙上显现
他们太熟悉了，熟悉这个城市的气息
熟悉它的节奏、脉搏和脾性
他们仿佛是城市的一面镜子
又深陷其中

在镜中——
有早晚繁华的街道、车灯，有行走的人
与疾驰的车，有他们的安身之处
有昨日的孤独，沉默
梦和理想。

中国诗选
CHINESE POEMS

孙方杰　胡　弦　吉狄马加　沈　苇　刘　年
蓝　蓝　剑　男　叶丽隽　瘦西鸿

城市与乡村

孙方杰

1

在你家的露台上，你无所事事地
计算着下个月房贷的归还数目
你愁眉不展，把一枚硬币在手上颠来颠去
你挖空心思，想找一个快速赚钱的途径
你想，推一车子硬币到银行去
你想，你想
你都快想疯了。然而，晚上想了千条路
白天还得卖豆腐

在你的街道上，推土机开了过来
你祖辈居住的房屋纷纷倒塌
喊着脆瓜香梨的贩夫走卒，在城管的暴踢中
看人生的雪崩。砸碎的手推车
还发着巨大的震响。城中村的坟头上
有着太多祖先的叮嘱：热爱家乡
仅仅两年，祖祖辈辈爱着的家乡
已经高楼林立，再也不叫张家疃
刘家庄……哦，一些历史正在慢慢消亡
在掠夺和愚蠢中，在那么多的流离失所中
民众，已挺不起绵绵的软骨

2

雨很大，街巷已成汪洋
你在楼上看碧波滔天，街巷逐浪
在立交桥上看水帘成瀑，马路洞庭
他去二环看海，机场垂钓，高架路上观澜
我的车子里坐着两个老人
一个在哭泣，一个在哀叹老无所依
一个觉得一生太长，一个觉得一生太短
一个想在街巷的汪洋中做一个渔夫
一个想吐出隐藏在胸中多年的苦涩火焰
一个想磨快一把刀子，挖出潜在身体里的怪兽

一个想点一把火，烤出在呼吸里也有的悲苦
他们两个人，像从石头缝里爬出的两条蜈蚣
每一只长足里都压着一声又细又长的叹息

3

有时候，堵车和堵心其实是一回事
红灯停不住悲剧，绿灯行不了畅通
我在宝马车上，你在吉利车上
他在劳斯莱斯车上
我们一样地受着煎熬。车只是一个让我们
在刀尖上成为英雄的器皿
在怨怨中，在恐慌中
把自己填进了一座不断添薪的火炉
没有什么是可以逃避的，在外动心眼
在家动火气。醉卧草丛
也依然激愤难平。在星空下
在许多人都没有睡去的夜里，人人都渴望
听一支安魂曲

看病，还贷，堵车，赎自己的灵魂
他硬挤出的一点慈悲，在献血车外被当众羞辱
但是我相信，我和你，你和他
我们都是生活的战士
不用枪支弹药，就能打开城市的谜底

4

之后，我带着沦陷的梦想
和一杯变冷的酒，回到了乡村
而村子已经空了
除了老人和孩子，我找不到一个青壮年
老人叫空巢老人，孩子叫留守儿童
柴垛已腐，蜘蛛在上边结网
残垣断壁中，我在寻找上课的钟声
一朵野花，在角落里低垂着，它的叶子上
布满牛羊的齿痕

每个青壮年的身体上，似乎都贴了一张邮票
从一个城市把自己投递到另一个城市
也许是一滴水，也许是蒲公英的种子
在钢筋混凝土和机器的轰隆声之间
装满绵绵不休的委屈，隐忍，思念；喝劣质酒

唱撒野的歌，看肝脑涂地的未来
在困乏中吐出已经烧着嘴唇的烟蒂
在寂寞的时候，内裤套在头上
看苍蝇在碗沿上洗脸，撩翅
看仓鼠在一块干馒头上，舞尽孤独
给生活一首赞美诗，给活着一把刀子

5

在我家承包地的北头，一座坟的阴影里
坐着一个女人，男人出去打工
回来了一具尸体。这些年村子里出去打工的人
络绎不绝，出去的是壮劳力，回来时带着残疾
谁家的妻子，在夜店里存身
把羞愧之心，倾洒得一干二净
谁家的小妹，在洗浴中心搓掉了人格
却没有洗去身上的灰尘

下一个会是谁，在疾病中挣扎
在九月，我知道石榴炸裂了自己
露出了暗含已久的心酸。很多的无奈
在消瘦的炊烟里醒着
而贫病正在啃噬他们的肋骨
没有人可以在众星之中，抬起屈辱的头
在随波逐流的叹息之夜
在沉鱼落雁的干涸的河流上
在琴弦锈蚀的房檐下
在一棵害了虫病的果树的枝条里
在失望的旧相框的记忆里
灵魂在白天与黑夜的夹道中
始终紧紧地抓着骨头里闪出的磷光
岁月在一张纸币的方圆里，展开着肉搏
那个开越野车的女子，手里拿着的是否是
千呼万唤始出来的救赎

6

我和你坐在叹息里，北风忽远忽近
南风忽高忽低，不知道一个人度掉多少苦厄
才能从莲花里开出甜蜜。而且，能够
开了，再开

没有什么是不可饶恕的
越过一座山坡，再越过一座山坡

还会有一座童年记忆里的村庄吗
在那里，星光是天空寄来的请柬
树叶是大地发出的书信
你和我，还有他
我们有着一个共同的目的地
——寻找一条干净的河流
在澄澈的天空下，活回乡村的前世

原载《草堂》2016年第四卷

发辫谣 〔组诗选三〕
胡 弦

玛 曲

吃草的羊很少抬头，
像回忆的人，要耐心地
把回忆里的东西
吃干净。

登高者，你很难知道他望见了什么。
他离去，丢下一片空旷在山顶。

我去过那山顶，在那里，
我看到草原和群峰朝天边退去。
——黄河从中流过，
而更远的水不可涉，
更高的山不可登。

更悠长的调子，牧人很少哼唱，
一唱，就有牦牛抬起头来，
——一张陌生人的脸孔。

发辫谣

光阴再现：它从少女们
河流般的发辫开始了……

从脚踝，到篝火的跃动，
从陶罐，到回鹘商人苍老的胡须。
……长裙上碎花开遍。乐声
滑向少女那神秘、未知的腰肢。

一曲终了，断壁残垣。回声
盘旋在遥远而陌生的边陲。

——追忆韶华是容易的。难的是怎样
和漫长寂静在一起。怎样理解
所有人都走了，一轮明月
却留了下来——
……像被遗忘在天顶。现在，
所有空旷都是它的。

牧 场

光线轻，蓬草更轻，
河滩上，那个骑马的人有灰岩般的背影。
草丛间，蹄迹疏淡，岩石和树林
都有干净、看似空寥的喜悦。
群鸟低飞，蝴蝶如枯叶，水在页岩间颤动。
——仿佛是一只核桃的前世，果实，
已从落花中获得形体。
像某种召唤，天宇湛蓝，空旷，没有边界。
古老的传说在村寨间流传，
一丛格桑花，带着羊群从天际归来，
八月的人间平安无事。

原载《作家》2016 年第 10 期

献给妈妈的二十首
十四行诗
〔组诗选八〕

吉狄马加

当死亡正在来临

从今天起就是一个孤儿，
旁人这样无情地对我说。

因为就在黑色覆盖了白色的时候，
妈妈就已经进入了另一个世界。

不要再去质疑孤儿的标准，
一旦失去了母亲，才知道何谓孤苦无助
在这块巨石还没有沉没以前，
她就一直是我生命中的依靠。

当死亡在这一天真正来临，
所有的诅咒都失去了意义，
死神用母语喊了她的名字：

尼子·果各卓史，接你的白马，
已经到了门外。早亡的姐妹在涕泣，
她们穿着盛装，肃立在故乡的高地。

故 土

在那个名字叫尼子马列的地方，
祖辈的声名是如此显赫，
无数的坐骑在半山悠闲地吃草，
成群的牛羊，如同天空的白云。

多少宾朋从远方慕名而来，
宰杀牲口才足以表达主人的盛情。
就是在大凉山腹地的深处，
这个家族的美名也被传播。

但今天这一切已不复存在，
没有一种繁华能持续千年，
是时间的暴力改变了一切。

先人的骨灰仍沉睡在这里，
惟有无言的故土，还在接纳亡灵，
它是我们永生永世的长眠之地。

命 运

这个时代改变了你们的命运，
从此再没有过回头和犹豫。
不是圣徒，没有赤脚踏上荆棘，
但道路上仍留下了血迹。

看过那块被烧得通红的石头，
没有人知道铁铧的全部含义。
生与死相隔其实并不遥远，
他们一前一后紧紧相随。

你们的灵魂曾被火光照亮，
但在那无法看见的颜色深处，
也留下了疼痛，没有名字的伤口。

不用再为你们祈祷送魂，
那条白色的路就能引领。
这一生你们无愧于任何人。

迎接了死亡

妈妈的眼角最后有一颗泪滴，
那是她留给这个世界的隐喻。
可以肯定它不代表悲戚，
只是在做一种特殊的告别。

不是今天才有死亡的存在，
那黑色的旗帜，像鸟的翅膀，
一直飞翔在昼夜的天空，
随时还会落在受邀者的头顶。

冥府的通知被高高举起，
邮差将送到每一个地址，
从未听说他出现过差错。

妈妈早就知道这一天的来临，
为自己缝制了头帕和衣裙，
跟自己的祖先一样，她迎接了死亡。

回忆的权利

不知道从什么时候开始，
你就是靠回忆生活。
就是昨天刚遇见过的事，
也不能把它们全部想起。

真能想起的都是遥远的事情，

它们在黑暗的深处闪光。
你躲在木楼的二层捉迷藏，
听见妹妹说：姐姐可以找你了吗？

经常拿出发黄的照片，
对旁人讲解，背着沉重的药箱，
访问过许多贫病交加的人。

人活着是否需要理由？
是你给了我们另一个答案，
谁也不能剥夺，回忆的权利。

等我回家的人

我不用再急着赶回家去，
在半夜时敲响那扇门扉。
等候我回家的人，
已经去了另一个世界。

那时只有我回到了家，
她才会起身离开黑色的沙发，
迈着缓慢疲惫的脚步，
回到自己的房间休息。

就这样等候，不是一天，
也不是一年，她活着的时候，
常常在深夜里这样等我。

但直到现在我才明白，
母亲两个字还有更深的内涵
多么不幸，与她已经隔世。

摇篮曲

世界上只有一首谣曲，
能陪伴着我们，从吱呀的摇篮，
直到群山怀抱的火葬地，
它是妈妈最珍贵的礼物。

那动人的旋律吹动着宇宙的星辰，
它让大地充满了安宁，天空如同宝石。
当它飞过城市、乡村和宽阔的原野，

所有的生命都会在缥缈的吟唱中熟睡。

这低吟能穿越生和死的疆域，
无论是在迎接婴儿新生命的诞生，
还是死神已经敲响了厚重的木门。

只有这首无法忘怀的谣曲，
在我们离开这个世界的时候，
还能听见它来自遥远的回声。

母 语

妈妈虽然没有用文字留下诗篇，
但她的话却如同语言中的盐：
少女时常常出现在族人集会的场所，
聆听过无数口若悬河的雄辩。

许多看似十分深奥的道理，
就好像人突然站在了大地的中心；
她会巧妙地用一句祖先的格言，
刹那间让人置身于一片光明。

是她让我知道了语言的玄妙，
明白了它的幽深和潜在的空白，
而我这一生都将与它们形影相随。

我承认，作为一个寻找词语的人，
是妈妈用木勺，从语言的大海里，
为我舀出过珊瑚、珍珠和玛瑙。

我为爱效过犬马之劳 〔组诗选三〕
沈 苇

我为爱效过犬马之劳

我为爱效过犬马之劳
在边地险境，修复语言的创伤
用心灵的快和自然的慢
我行走在异族人群中
看不见这个民族或那个民族

只遇到一个个的人、一颗颗的心
有时，感到活着的已不是自己
那么是一个他者？一个复数的我？
一个为爱效过犬马之劳的人
在今天被视为失踪的人
正往旷野和荒凉中去
独自面对孤寂、衰老和死亡
而爱，会跌跌撞撞活下去
获得一次次的重生

火车记

铁的意志穿过戈壁驶向南疆
铁的驼队，沉浮于瀚海
绿皮车厢内，六十种沉默
坐落于无休止的铁的咣当声中

坚硬的沉默一度被酒精打开
情歌和笑话也会决堤
汉语、维语、哈语、蒙语、俄语
外加大巴扎烤鸡、自带手抓肉
汇成一锅今宵的乱炖

咣当——咣当——
体面的人头枕公文包时睡时醒
上半夜梦见塔里木虎
下半夜梦见自己被雪和沙埋葬
醒来，已在千里之外
像羊群，卸在巴楚站台
在凌晨寒风中发抖
渴望麦盖提的一碗热汤面

下车，上车，乘大巴继续南行
发现头顶多了一群乌鸦
它们不被公文驱策
却被灰蒙蒙的天空监禁
饥饿的叫声，回应着初冬大地
无边无际的荒凉和孤寂

我拥抱了一个人

我拥抱了一个人

他有沧海
我有桑田

我拥抱了一个人
他有绵延的雪
我有堆积的冰

当冰与雪相互辨认、拥抱
世界不会增加一丝暖意
但，兄弟之间
有了一次短暂的贴心

在冬天的边疆机场
我们拖着行李，各奔东西
兄弟，要清洁跑道的雪
除去身上的冰
我们才能滑翔、起航——

继续飞过人间的沧海桑田……

以上原载《作家》2017年第1期

刘年的诗

〔组诗选四〕

刘　年

芭　蕉

每个黄昏，穿满襟衣的母亲，会站成第四棵芭蕉
反复地呼唤。她的声音，是翠绿的

往往开骂了，我才应
有时在麻山，有时在巴那河，有时在椿树田，有
　时在幺妹家

像剥开芭蕉叶的粑粑，像反复揉过的泥巴
那时，每一个黄昏，都是糯的

山茶树

手指般的树杈，可以做弹弓

粗的，可以削陀螺
茶泡，是上天赐给穷孩子的水果
茶籽不能吃，最没有用，只能留给大人榨油

山茶叶太硬，不能泡茶
可以当钱，向小幺妹买她用花花草草做的饭菜
有时候，她还会找我钱
那钱，是小一点的山茶叶

姐

我用火钳敲屋檐上的冰棱
她在煮雪和洋芋
我将一捧雪，放进了她的后衣领

一生中，有些事，是我没有办法做到的
比如说，找到或者忘记她
比如说，把铁环开过草籽田的田埂

在银色的沙滩上

又想你了。想你赤着脚，提着裙子，向我跑来
我会举起你，让你高于月亮
我会把你扔进海里。岛，像鲸鱼一样，慌不择路
太平洋沿岸，将发生一场海啸

蓝蓝的诗

〔组诗选三〕

蓝　蓝

天又黑了

天又黑了。告别
我和我身上的另一个人。
曾经存在的和正在诞生的。

夜空亮起了微弱的航标灯。

去哪里寻找一条船？
在这无人的世界的渡口。

伤

伤害使我们在一起。分离将我们
焊牢在分离之处。

一只伸向海底的手
在记忆里把我们抓住。

我留下过吻,在那把铁锁上。
最温柔的爱,痛击我的鼻梁!

在无声蔓延的往事的大火中
我的脸第二次被烧伤——就在
成为一个人所能走到的
最高的悬崖旁。

生

继续爱,继续从埋在雪下面的枯草
拽出更多。
继续逃进无知去爱无知的奥秘。

爱就是绝不伤害自己。
就是花儿到了秋天就落。

对熟知的,保持活下去
所必需的陌生;
对敢于抛弃道路的勇气
那新的劈山大斧的天真献上赞美。

不在别处
就在心的双手向外伸出的劳作中
你接生了自己。

以上原载《扬子江诗刊》2017 年第 1 期

高处 〔组诗选三〕

剑 男

堂前燕

在乡下,只有一种鸟会把窝建在人的家里
这么多年以来,很多鸟雀
都快要绝迹,只有这种鸟不惧人
仍然和人类保持着难得的信任
我们那里叫堂前燕,有的也叫观音燕
小小的脚,短短的喙,啄虫,啄草,也啄春泥
在幕阜山一带,燕子并不能被驯养
但人们把它们当成家禽,它们小小的窝
建在墙壁上,和我们共一个大家庭
天黑关门时,人们总会关心燕子是否回家
秋天燕子南迁,去寻找更温暖的
阳光和田野,那个窝总是会被留着
像父母为出远门的孩子保留着他的房间

独 立

独立的金鸡,平静水面上单腿站立的鹭鸶
停在松枝上的白鹤,它们纹丝不动
好像对世界而言,一条腿就已经足够
但在云溪,我看见一只断了腿的山鹰
被人牵着在路上蹒跚,眼睛里充满了火
那条不再听使唤的腿似乎让它感到
愤怒和绝望,独自站立的东西有软弱的一面
也有坚强的一面,因而是美丽的
但独立之外的东西显然并不显得多余
无论残废的,刻意藏起的
那支撑起我们的东西一定也包括
多出来的那一部分,就像那个跳芭蕾舞的
少女,似乎永远只有一条腿,另一条
总是空的,那不过是我们对孤单力量
所表示的敬畏,以呼应我们生活中独木难支

高 处

住在老瓦山山腰
下午闲来无事，打算去山顶看看
爬到途中，我停了下来
高处的东西，都是被抽象了的
我想山顶必定也是
因为是至高，它必定去除芜杂
只有简单的趣味，起码望上去是这样的
有苍松，但历历可数，有巉岩，但独立孤兀

宣告其身 〔组诗选三〕

叶丽隽

乱石堆

在我晨跑的山路上，它们铺陈着
每一天，散漫、零乱的肉体

依山而下的倾泻意味，有别于精致的栈道
和翠绿葱茏的浓荫

一种动势，随时可能的交响
暗合我血液中与生俱来的混沌的欲望

特别是雨后，我会停下，看它们湿漉漉
一个个悬空或交叠，闪烁黑亮的光
你反抗些什么呢？凝视之中交换着寂静和呼吸
我是惟一，却又如此多地战栗

宣告其身

父亲在月光下的菜地里浇水
酷暑日，八棱瓜、豇豆、黄瓜和茄子
都在等待着渴饮，被逐个浇透
浇着浇着，父亲消失在夜色里

渐渐地，虫声嘶鸣，魅影四起
有什么在悄悄地靠近
越来越重的呼吸，越逼越紧的脚步……

我僵立在田埂上，无法动弹
只有手里的肥料小桶，在瑟瑟发抖

而心跳在体外……那呼吸，那脚步……
我的恐惧膨胀为庞大的黑夜，张着口

黑暗中，我突然听到了自己
破胸而出的一声呐喊："我在这里——"

顷刻间，怪兽消失了，我被拯救
父亲的回应在远处隐约响起……

——那是第一次，幼小的我
大声地向世界宣告着自己的位置

心灵捕手的自我安慰

疑窦丛生的中年啊，当我沦陷
我的内部
并未最终成形，还不能发出回音，一如我
长长短短的拼写
错漏百出，从来没有找到真正的形式，早年间
跟随乡间的乳母捕雀
蓬乱的草窠里，我们曾一动不动
长时间地蹲伏——她说，好猎人
要学会安静等候

以上原载《诗刊》2017年2月上半月刊

蜀籁

〔组诗选三〕

瘦西鸿

如命令

恍如命运在暗处指令
坐在沪上　一张纸被我用笔尖戳破
蜀籁从纸孔里探出头来

一只只爬动的蜀连成一根线
从东山到西山　从南川到北川
金色的种子纵身一跃　禾苗拱破丘陵的皮肤
又被月色愈合　一声蝉鸣关闭盆地的寂静
柳叶在湖畔描眉　少女在溪边浣丝

一只蚕把蜀绾在茧中　蛹又啄开茧孔
蜀探出的头　有透亮的光晕照耀年华
我身体里住着蜀　身上也背着一点点蜀
这些细微的声音　是我行走人间的盘缠

我形如蝼蚁在沪上爬行　而我浑身爬满蜀
一串串蜀籁像一条链子　在我的瞳孔里
在呼吸和听觉里　在梦里发光
隐藏我的骨肉　充盈我的皮囊

蜀水声

在夜里听见水声　仿佛命已决口

气息滔滔　急促到几乎要把脑袋淹没

我从盆地底部爬起来像一条蚯蚓
从时间的淤泥中　挖开一条通道
又迅速被水声灌满

我把水声吞下　清洗体内污秽
我通体透明　成为一条站立的河
而在白天　我又躺在命的旁边
水往低处流　我从沪上望过去
我的两只眼睛　像是河的源头

号子声

一首川江号子拉破了所有的河水
岸边卵石上刻下纤夫的脚纹

逆水行舟的蜀人　只拉开簸箕大一个天
远远从沪上看过去　他们仿佛生活在坛子里
歌声盖过涛声　汗水多过江水

无论忧伤的小曲　还是高亢的壮歌
都是蜀人自己唱出的　仿佛他们是天生的乐器
喊破嗓子的人　喊破了命

而我终将同归蜀地　加入他们的歌唱
我会拿出喉咙里仅剩的月光　仿若补丁
打在他们关键处　快要断气的呻吟上

原载《大河》2017年第1期

尖喙上的爱，带着古老的敌意(组诗选二)

□ 小布头

樱　桃

你说出
樱桃——

这鲜艳的果实，有别于其他事物
于盈盈一握间，吹弹欲破的娇柔
夜的光芒附着它的圆润
在月亮的旁边，棉织的云用薄如蝉羽的呓语
陈述它。正像那次我傍着你的肩，进山
采摘樱桃

一只蜂鸟，飞过一片空寂的苜蓿，山风的指甲
　　划过
小河裸露的体位，镀金的细浪爬上樱桃
的酒窝，你爬上云中梯子
我们来得不早
也不晚。那枝头上的着根正当其时，那樱桃
小口中的蜜
与我们体内的盐粒相互吸附、攀援，却酸碱适
　　度

一转眼，梯子隐于密林
一转眼，着色的樱桃，遁入宣纸水墨的纹理
修成隐士，必褪去其鲜
隔着生死之薄瓦，我还有勇气
道出此生惟一的奢望吗

你说出了樱桃
你不能说的，你没说

抱琴不遇的人袖藏梅花

年兽撕咬梦者衣角，骑过腊月、正月
访友的人，身体里的船只遍插杨柳
琴被月光一遍遍擦拭，它大音若稀
引而不发，如头上悬置的剑气

我提灯笼，我出东门，我刮东风
我穿绿布衫、红灯笼裤，我的马儿不用扬鞭它
　　也是疾呀
它咕咚，咕咚

前方是大运河，船儿弯弯的地方是月亮湾
我剪一片月亮给你当风筝
我剪一角童年为你抵春寒
我剪母亲的背影扶你上马鞍
我剪一段高山流水绕着你的村庄转
我剪一根青藤弯弯曲曲拐到你门前
我剪一册史书把你藏啊
我剪一部地理有你在的地方命名桃花源

去年的词儿新谱了曲
那声声慢
那缠绵
疾驰的马儿裹足不前
深深寺院，年兽走远

抱琴不遇的人袖藏梅花
怀里为你积攒的雪千年不化

越 人 歌

（组诗选四）
□魔头贝贝

越人歌

茶树菇排骨汤。
黄豆猪手汤。
我感到种子在萌芽
忽明忽暗。

南京长江大桥和迷茫的水面。
你的舌头依然停留在我嘴里。
睡莲粉红
白蝴蝶四下翻飞。

为今天你的生日而作

断牙。被反复咀嚼
的百合花。棺材一直深眠着。

值班室我醒着。暖水瓶
陪我。我闻到白酒
与啤酒混合的孤独在昨夜。

在初夏。那儿。黄澄澄的
枇杷，粉红的睡莲。
月亮用周围遥遥的黑
点燃凉亭里两支蜡烛的梦。

我曾贴着手机
对你失声痛哭过——
就像一片云，是往昔的雨。
我曾悬挂枝头，微微绽开过。

潸然经

昔日解开我。像被清冷
而惟一的月光束缚。
用碎裂镜子，照假戏成真，这对岸的你。

在噩耗没来临前雨
已经模糊了新贴的讣告：在抽水马桶
尚未代替蹲坑时：如同父母还不认识。
如同胚芽，公园长椅上晒太阳的暮年。

小镇里的空心萝卜、江山无限。
当他递给她
夹在荆棘鸟中的一张纸条——草长莺飞。

如梦令

身体的大厅空空荡荡。
然后你手持
百合花进来。
流水边幽暗的树影
你微微闭着眼睛。

然后我们回到
各自深陷其中的琐碎。
依旧是
万家灯火的孤独。
一个怀抱
始终在周围敞开。

我在风中等你

（组诗节选）

□ 包　苞

2

无数个路口
对我只有一个
我坚信
风会把你吹过来

行人如织，我都
报以微笑
多么好的人世上
我在风中等你

不用担心走失
也不用担心被裹挟
我只为自己正在老去
有些微的遗憾

这又何妨
即使老去
我也在风中等你

4

一生总会错过许多美好
惟独不能错过你

假使你并没有认出
那个低头站在风中的人
但你一定也会折返
一定会为这个魂不守舍的面孔
偷偷发笑

"噢，你看他被风弄乱的头发
你看他布满胡须的脸
你看他有些茫然的眼神
你看他被风掀起的衣角……"

那一刻，我希望你就这样静静看着
并不唤醒
直到他回过神来

啊，那一刻
他将因为害羞而无地自容

5

我终归是一个害羞的人
也会手足无措

我终归也会木讷迟钝
词不达意

岁月并没有改变我
在等来你之前
我还是那坛没有启封的酒

我也有孩子似的天真
和孤绝
也有情人间的执着，和昏聩

我形体已老，而心
还是那么年轻
乃至，当我面对
也得把泪水，忍了再忍……

散文诗章
PROSE PSALMS

大海戈壁及其他（十一章）　　　　　　　　　　　张俊芳

大海戈壁及其他 （十一章）

□张俊芳

核　雕

把一生的精彩浓缩，浓缩成如铁的硬壳，乌黑锃亮。

本来按原定的愿望，回归到曾经生长的地方。只是，又一次让残延的命运，捏在别人的手上。

画图，打坯，磨砂，翻飞的刻刀，在描画的尺度里，雕来刻去，让你沉痛忧伤，被掏空的灵魂，脱胎换骨。

崭新的模样，招来了苛刻的审视，如鹰一样的眼光，让你裸露的胴体，无处隐藏。

精微的时空里，你幻出靓丽的俊俏，崭新的容光。

在向往中，像精灵一样飞翔。

旧貌换新颜，你被玩弄于似如来佛的手掌上，无法挣脱，禅定的时光。

给你挂上，《枫桥夜泊》，给你锁定，《江山如此多娇》。给你无数新的形象，在春天里飞扬。

这世界，博大与渺小，一样在追寻的时空里，滋长无限的想象。

我期许，把你雕刻的岁月，挂在胸前。

昂着头，在阳光下，走向《一江春水》。

柿子树

秋染的大地，秋阳洒照。

你撑起弯弯曲曲的灵魂，迷漫着恬静的气息。

挺立在蓝天下，憨厚地站在山岗旁。像远离故土的新兵，在秋野中，眺望故乡氤氲的炊烟。

你脱去苍茫绿色，光秃的裸体，在秋阳下沉醉。

只是一只只橘红的小灯笼，拽在枝丫上，迟迟不愿落去，层层叠加，远望如同一幅

《秋意柿子图》，贴在悠远的天空。

在秋风中，你轻轻摇曳，那点点橘红，积淀所有期望，向秋天深情问候。

我不知道，你在自己的心海里，将一段成熟的思念，坐禅问天。酿了多久，才有这般模样。

沉稳，大气，宁静。

像久经沧桑后，一切，不再沉重，只有，淡定的灵魂，守望。

泡一杯清茶，你的遮庇下，我诉愿，你灵魂撒落，捧在手上，温暖在心里。

让匆忙的日子，不再，慌慌张张。

帆　船

只要桅杆，只要风帆，

只要海风，只要涌浪。

你像一个漂泊的拓荒者，注定在无疆的海域上，乘风破浪。

海是你生长的摇篮，海是你舒展筋骨的梦乡。

无垠的沧海，你只是，飘在浪尖上的落叶。澎湃的海浪，你只是，一朵被湮没的浪花。

执意把不屈的意志逞狂。我知道，你一生下来，大海，就是你一生的梦想。

追波逐浪，在浪花的飞舞中，亮出青春，挥洒时光，把翅膀迎风舞起。

裹着风，踏着浪，抒写志向。

环游世界，写满沧桑。

偶尔，收起信念，躺在宁静的港湾。把旅途的风景，回忆思量。

只要旭日，从大海升起，你就要，再次，斩浪远航！

海　茶

只有南方的山岗丘陵，瞥见伫立的身影。只有南方春雨霏霏的滋润，吮吸散发的清香。我知道，那是心爱的山茶，在那天地间温馨浪漫。

不知为何？在遥远北方的海边，居然生长着一片葱绿。竖起你的匾额，站在那儿，你像孤独的夜行者，把寂寞融在心上，任时光流淌。

你是想听大海的絮语，还是眷恋大海的浪花？你是想见证大海的宽阔，还是向往大海的迷茫？跑到这谁也不相信，谁也不知道的海边，把梦想生长。

只见一株株挺拔的身躯，把心念蓬勃伸展；只见一丛丛铺满的力量，像山茶一样浩荡无垠，绿意葱葱。

也许海风的吹拂，少了一点山风抚摸的浪漫，但会让你心海更宽阔；也许海雨的飘洒，少了一点山雨慰藉的温婉，但会让你心灵更博大；也许海沙的滋养，少了一点山土庇佑的肥沃，但会让你心智更慧颖。

只要像山茶一样绿意荡漾，只要像山茶一样幽香心脾，你就是你，或许彰显你的不一样。让我读懂你的深邃宽广，读懂你的仁厚绵长。

只要在温暖的浸泡下，能把对海的思念释放悠扬。让我品透你的咸甜味道。那就圆了你一生漂泊的时光，还祈求什么？

海 盐

从脱胎的那一刻起，你的一切梦想，就融进了浩瀚的海洋，

因为，你的特质，你的性情，你只能在汹涌海水里遨游，在那里成长，在那里凝结生命的力量。

只是，经不住阳光的诱惑，海风的推波助澜，让你懵懵懂懂误入浅浅的池中。

不管怎样挣脱，不管怎样呐喊，你已无搏击的底气，注定在阳光温暖下露出真相。

其实，你很美，过去，只能淹没在大海里，你无法孤芳自赏。今天，你虽然失去大海的拥抱，失去了惟一的依靠，却展露了一身洁白容妆，晶莹透亮。

蔚蓝的天，为你映衬，忙碌的身影，送去抚摸的目光，让你垒成一座银色苍茫的大山，让含情脉脉赞歌嘹亮。

离开了大海，你身价倍增。

因为，人们离不开你浪漫的梦想，期待你生命的亮光。

于是，你神情自若悠闲地被别人载走。你走进都市，你走进乡村；你走进轩昂的厂房，你走进吹烟的灶膛。

你不顾一切的自我奉献，成就了都市繁忙的节奏。你悄悄融化自己的生命，滋长了别人蓬勃的希望。

你去了你向往的地方，像壮士兮一去不复返，我会在凝思中，把你永远地静静思量。思量到容颜苍老，银发飘冉，与你共度一生的时光。

海 钓

端坐岩石，凝神静气。

任海风吹拂，任海浪舞动，只是，目眺沧海如池。

把当下的期盼，潇洒甩出去。一根长长的思念，向海中沉坠。握着竿的双手，沁出斑斑汗渍。梳理思绪，目不斜视，把每一朵浪花，全身如贯地过滤。

寻辨那一瞬的颤动，判断较量的真相，一旦认准事实，毫不犹豫毅然甩起，一个惊喜，在微笑中，灿然诞生。一个活蹦乱跳的图像，印在沧海。

只是，海浪下游动的精灵，也在思量。这是哪里飞来的诱惑，一只银光闪闪铁钩，想钩去我的灵魂？停下，仔细观察，揣摩从何处突破，只是，那蠕动的诱饵，身姿太迷人，只是，那一阵阵的喷香，太让人心昏。

也许，在这宽阔大海里，游荡一辈子，也无法见到大地的苍茫。也许，在这深邃的洋流下隐藏，也无法品尝被嚼碎的快乐。

又坠下来了，那就跟岩石上垂钓者，过一招吧！或许，与其过平静一生的时光，还不如壮烈地搏一回。

到底是欢乐？还是悲伤？已无法分清。

钱塘江堤

无数根坚实的木桩，像是列队的阵兵，齐刷刷扎入疲乏的堤埂。拥着泥土的馨香，

你挺直所有的力量。用永恒不移的信念，凝固堤埂的根基。方正的长条石，沿着基脚，用沉重的思念，垒成十七层厚重的向往。

任凭呼啸而汹涌的潮水，千里奔袭，浩浩荡荡。疯狂的浪花，裹挟着千钧之力，拍打着，冲刷着。你却淡定自若，把一腔血管延伸到梦想的地方。

岁月悠远，涌起的浪潮，肆虐逞狂，荡平了沿岸的希望，望潮兴叹，曾是多少人的心殇？

黄光升，一个伟岸身影矗立。一声高呼，一挥大手，鱼鳞石塘的模样，在海盐，这地方展望。

如今，金秋九月，奔涌而来的大潮，浪漫成了一束美丽壮观的念想。像一群婀娜舞女，乘着海浪，相携着乘风姗姗而来。

为何这样？只因，有了你的雄浑号角。只因，有你的执着坚强。

相信忧伤迷茫的时光，张狂汹涌的岁月，一去不返。

海洋牧场

蓝天下，白云朵朵，凉风习习，风吹草低见牛羊，印象中，只有这样的草原牧场。

在浩瀚的大海上，却依然见证你的模样。只见，辽阔苍茫蓝色的"牧场"上，银色浪花朵朵，只是追逐的希望，隐藏在浪花下，在幽蓝里，穿梭遐想，等待那张流动的铁网。

一排排渔船，像整装列阵的骑手，按照预定的规则，浩荡前行。

一张张大网，打开天窗，像无数的眼睛，拖着阳光，拽着期望，在流光里沉下，把黑暗无边的世界搜索。

一双双忙碌灵巧的手，伸出浸泡的沧桑，在浪花翻卷里追寻。绽放的汗水，在憨厚的笑脸上流淌。

设定的合围铁幕，悄悄按布局收紧，铁幕里圈定的"什物"，奔忙慌张，早已注定的命运，无法改弦易辙，即将到来的真相，大白于天下。

于是，一场潇洒的博弈后，只见五彩斑斓的畅想，在甲板上，像一首交响曲跳动。跳跃成一幅收官的美妙图像。

海上天鹅

千百只的飞翔，曾只在湖泊上，或湿地里。为何？却君临沧海。

只是潮涨潮落，给了你一个温馨的潟湖，把遥远的梦想展望。

西伯利亚寒流涌来，威逼着你，只能心向南方。

虽然，不情愿离开那心憩的故园，温暖南方的召唤和诱惑下，只好翱翔翅膀，千里迢迢飞向那神往的地方。

飞近了，飞临了，来到荣成的烟墩角。一个沧海退去后，形成的潟湖新家，洗去一身的疲惫。在你的世界里，从来没有国度的忧悒。调好心态，露出一份平静和安详。

迈着温文尔雅的步履，像高贵的女神，相拥围成一圈，似乎，正召开"圆桌会议"，商量日后回归西伯利亚的路途。伸起修长的脖子，深情遥望大海。舒展优雅的翅膀，翩动温暖的阳光。张开清秀的嘴，迎着海浪，自由歌唱。

仿佛生活在南国的梦中，你带着一份纯洁，坚守那份忠诚，定期穿越南北时光航线，把生命的音符一路播洒。

你看啊！悠闲的人，爱慕你的人，更有带着"朝圣"般心情的人，扛着"长枪短炮"，奔跑着，摆出不同的姿势，捣着异样的动作。或站，或蹲；或侧，或仰。寻求最佳的视角，追求完美的状态，仿佛是祈求了百年，捕捉心灵圣洁的光影，将绝美的印象永恒。

偶尔，走近了，你也不惧怕。似乎，只是一场朋友的相识，相知，相恋。

或许，只是，让你带去远行的问候。若有缘，他年，仍在这秋冬的暖阳里，再共度时光。

海上牛车

只见过，草原迎风扬鞭，只见过，大山弯路吱嘎。真的，不曾见你，漫悠在大海滩涂上。

宽宽的木板平台，四个轮子艰难地撑着。两头憨厚的水牛，挎着缰绳，像出征的武夫，踏着泥泞的脚步，似乎沉重，又似乎洒脱，从岸边向海走去。

当无垠大海，退潮而去，裸露着宽阔滩涂。争分夺秒的人们，在忙碌寻找淤藏的文蛤。一种大海滋长的希望。

屏神静气，一连串娴熟的动作，似有节奏感的捞取。因为，潮落潮涨的规则，无法更改。潮涌的时刻，在短暂的轮回里，不容思量，坚定走来。

汗水涵满了收获。夕阳下，装满文蛤的你，碾碎残阳，吟诵着舒畅，踏上归途的风光。留下弯弯曲曲的辙印，在平坦透亮的滩涂上，似一抹水彩，不过，那光景转瞬即逝。因为，一会儿，爬上来的潮水，肆无忌惮地淹没一切。

只有你，在海岸边，喘息的节奏。载去了咸涩的汗水，劳碌的剪影。将一串嘎嘎音符的背影，融入海的苍茫。

银杏树

遥望茫茫苍穹，沐浴了万年阳光。你把报恩的思念，撑开巨大的伞，吮吸温暖，滋长阴凉。

对弈的凝思，闺房的絮语，稚嫩的嬉戏。与你的心香，一起曼妙飞扬。或许，那曾是一幅永不再现的图景。但在你的旅途上，一定拥有别样的时光。

你走过了万年的风雨沧桑。只是痴心不改，对扎根的土地，深情眷恋，积淀厚重的力量，一丝丝生长的渴望，化成素雅的淡黄，绽放平和的梦想。

当果实饱满，摘下的是你对时光的思念。悬着"天下第一树"的名号，在族谱里，你是至高无上的长老啊！把家族绵延的钟声，永远敲响。

看诉愿的双手，围绕你高高举起，把心景期盼。

看一根根殷红的丝带，缠绕你的四周，祈求平安吉祥。

你悠远的力量，给灵魂安顿的坚强。你心魂的平和，让远行的脚步，不再匆忙。

一切在你的孜孜不倦里，开花结果，执着守望。Ｚ

蝶恋花

帘外啼莺依碧树。枝上风摇、好梦吹将去。手握余香思软语，登楼望尽天涯路。　　草色衣裙人似玉。燕子归来，日日风兼雨。病骨经秋能几许？紫薇花下闲吟苦。

蝶恋花·遗爱湖畔晚步

堤畔青青红紫满。小径风微、吹皱湖波软。柳意桃情舒媚眼，野凫划破琉璃盏。　　花里蜂须花外燕。布谷声声、绕树皆啼遍。百载常忧春意浅，流年欲绾斜阳岸。

清平乐·媚香楼

媚香阁好，三寸官鞋小。倚槛临窗眉黛扫，罗带当风唱晓。　　情浓未必情贞，衣冠大厦难擎。幸有桃花溅血，南朝始可歌吟。

清平乐·乌衣巷

乌衣巷口，斜日当窗牖。欲访六朝南国柳，一地商家竞秀。　　当年东晋风流，归来燕子啁啾。记取旧时明月，曾窥谢女妆楼。

点绛唇·古意

凭眺河桥，一湾浅碧风吹皱。几行疏柳，今古参差瘦。　　欸乃渔歌，梦里还依旧。烟波手，悠然杯酒，还钓斜阳否？

水龙吟·美人蕉

窗前又见红英，秋深依旧娇如故。繁霜过后，蛮声吟断，蝶魂无主。迟暮情怀，美人心事，欲吞还吐。算西风几阵，凋残玉树，都吹作，愁如许。　　默默此情谁诉，夜来时，流光暗度。歌残团扇，离愁赋罢，一灯茕独。斑竹心风，画眉斜照里

思，长门清泪，都归尘土。只孤山一角，东篱一侧，足平生处。

破阵子

雨后初晴光景，檐前犹滴清圆。枝上翠禽啼断续，堤外江流送往还。夕阳红醉天。　　似淡似浓烟景，半干半湿郊原。一畈彩衫秋色嫩，百亩瓜田果味鲜。人情似去年。

齐天乐·咏桂

蟾宫风送天香袅，人间又添秋思。碧叶光微，仙娥露重，寒压一枝还起。浓情绕砌。觉入室烟生，漾成清漪。翠袖归来，插瓶犹折晚芳细。　　怜伊园小，独宿月黄云淡处，佩鬟孤寂。玉斧堪磨，樵奴屡斫，时有伤心曾泣。夜长空忆。叹老大佳人，罗衣初试。嫁得西风，画眉斜照里。

熊文祥词选

菩萨蛮

霜天又过南飞雁，西风一夜秋衣换。扶醉上高楼，思君愁更愁。 漏残寻梦境，不耐人清冷。新白几根丝，问君知不知？

菩萨蛮·登栖霞关

层林隐隐雄关锁，红枫一炬冲天火。大壑起狼烟，当年铁甲残。 流光如逝水，曾故几番醉？秋水与秋山，相对淡无言。

卜算子

墙外紫荆开，簇千花繁小。豆蔻年华不识愁，闲倚春风笑。 绿叶未相扶，犹自花枝俏。一岁飘零一岁开，相约相期老。

卜算子

名字曰迎春，何事迎春晚？开尽红桃落尽梨，始绽黄金点。 莫是画眉难，不入时人眼？世间多少梁稻谋，提笔知深浅。

卜算子·秋末街头见夹竹桃

正是晓风寒，红白开无数。生得妖娆浓淡姿，忍叫秋娘妒。 何故恋繁华，总被繁华苦。村路溪桥有槿篱，是汝栖身处。

西江月

紫卉晓开时候，残星几点横空。晨风时欲探仙丛，忍扰枝头清梦？ 半时载舍苞熬煎，今宵始见芳容。庄周化蝶我为蜂，不负秋娘情重。

浣溪沙

来亦匆匆去亦匆，一春花事几曾浓。夜来风雨打残红。 落尽碧桃惊晓梦，吹高柳絮入空蒙。沉浮原只瞬间中。

浣溪沙

晚趁闲情觅旧游，眼前风物望中收。当年曾此送行舟。 几树梧桐秋色浅，一天风露桂花幽。年光无奈又中秋。

浣溪沙·游天堂寨

古木苍藤扑眼迷，洞声清瘦响来迟。岩松闲傍野云栖。 红葩欲放绽还疑，嫩春犹畏暮寒

□ 特邀主持　三色堇

ZHANG HONG BO

张洪波

城市的声音杀过来了
羊群沿着草地向远方流动
我看到披着棉衣的移民
他们自己和自己说着话

——《城市的声音杀过来了》

张洪波

1956 年出生。现居长春。1970 年代末开始文学创作。著有诗歌、散文、童话、书法等个人专集三十余部。作品被收入百余种选本，部分诗作被译成英、法、朝等文字。曾任《诗选刊》副主编、时代文艺出版社副总编。中国作家协会会员、中国诗歌学会常务理事、中国作家书画院艺委会委员。

主要作品

诗集：
· 《黑珊瑚》 中国文联出版公司 1989
· 《独旅》 百花文艺出版社 1989
· 《沉剑》 花山文艺出版社 1993
· 《张洪波石油诗选》 石油工业出版社 1994
· 《张洪波短诗选》 新华出版社 1994
· 《穿越新生界》 花山文艺出版社 1995
· 《生命状态》 北方文艺出版社 2000
· 《旱季》 时代文艺出版社 2003
· 《最后的公牛》 吉林人民出版社 2004
· 《沙子的声音》 北方文艺出版社 2004
· 《多云》 时代文艺出版社 2009
· 《小诗 60 首》 时代文艺出版社 2016
· 《张洪波儿歌 100 首》 吉林美术出版社 2017

散文随笔集：
· 《摆脱虚伪》 中国国际广播出版社 1997
· 《诗歌练习册上的手记》 时代文艺出版社 2003
· 《杂记》 花城出版社 2010
童话集：
· 《童话石油国》 （上、下册） 石油工业出版社 1997
· 《九头鼠和八爪猫》 湖北少年儿童出版社 2003
· 《九头鼠和八爪猫卡通画书》 （10 本） 农村读物出版社出版 2003
书法：
· 《草书小札·离骚》 吉林美术出版社 2012
· 《诗书画·张洪波作品选》 新加坡出版传媒集团 2013

雄 牛

雄牛绝望地吼了两声长调
为被割除的一对睾丸
放喉痛哭

血浆浓重
一滴滴点穿了悲壮夕阳
黄昏挣扎
…………
人们灵巧地躲开去
他们还不敢相信它已被驯服
他们看见它的泪水在眼睛里
并未轻易流出
那是一头真正的
雄牛

午夜
远远的牛栏里
又传来一声声放号
我猜想一定是它
只有它的声音
才能够震颤这夜
使之难眠

明天
它还会顽强地
在鲜血润过的土地上
阔步走来吗

爬行的蚂蚁

你们的编队
从我的眼前悄然而过
一群黑色的生灵
使我周身的血随之颤动
你们又要去哪里挖土筑巢
是去营造更能温暖生命的新部落吗
你们都是从哪里
不知疲倦而来的

我想起许多高大者
(他们有的早已站成了顽固的雕像
有的已因为行路之难卧而不前了)
相比之下
你们是多么叫我崇敬
在这风风雨雨的土地上
历尽千辛地向前爬行
又是多么坚毅　生动

这世界
吃力地爬着向前行进的
恐怕比直立着骄横阔步的
要多得多吧!

是什么样的给养
充实了你们瘦弱的身躯
鼓动了你们不屈不挠的精神
——爬也要爬到那个目的

你们留下了一行行
看上去那么渺小又曲折的路痕
你们是不会标榜自己
只会默默实践的一群

我不能不俯下身来
朝拜你们
——爬行的蚂蚁

想起智利的蝴蝶

智利的蝴蝶是美丽的
尤其是帕拉的那一只
就是帕拉看得最仔细的那一只
就是帕拉对它的翅尖和肚子有过描写的那一只

所以　今天
当我面对窗前中国的蝴蝶的时候
我就想起了帕拉的那一只
就很羡慕那智利的蝴蝶
它有幸被一位大诗人写到了
写得更加美好了
而我们的蝴蝶
还没有被写好

就被匆匆地到处发表了

今天的这一只
翩翩地飞来飞去的这一只
也是等待着描写的吗

可我不知自己为什么在此时没有描写的想法
并且很冷静地想到的是
这只蝴蝶什么时候会死去

智利的蝴蝶是歇息在露珠与花粉中的
中国的蝴蝶为什么落在空旷的窗前?

出窑的砖

出窑的砖和入窑的砖不同
入窑时青着脸儿
恐慌
出窑时红着脸儿
豪爽
敲一敲热透了的胸腔
会发出平原汉子般透彻的声响

经了寂寞
经了烈火
还怕什么样的折磨?

今天出窑
堂堂正正地立着
任你有风吹雨打
老子将是一面不倒的墙

边地森林

1

最后的阳光将要沉入森林
叶子的脸色很不好
没有风
甚至没有声响

空中飞过一条褐色的弧线

附近的鸟儿
默默地归巢
贴近树木
凝视叶子的神情
期待今夜不再失眠

蛇优美地从枝丫上飘下来
那种蜿蜒的飘
正如一支歌
灌入草丛深处
消失之后
仍有许多余音萦绕
而青藤正有力地上升
也是很优美的蜿蜒

边地的森林
在度过一个夜晚之前
倒木身躯上所有的伤口
在我的抚摩中分散出种种颜色
那些颜色在林子里愈合成荡漾的山岚

2

你静静地躺着吧
我的倒木
在腐朽之后
关于你的传说
还会四处飘摇

深山深处寂寞的死亡
难道不正是往日的巍峨所指的方向?
躺下了
你百感交集
也许还会有更强烈的苦难
将你紧逼!

当年的呼唤
至今也没有传播出去
太远了! 这个遥远的边地
遥远成无声的绝望
遥远成纯粹的葬礼

大雪开始纷飞
还有那脱落的自由的叶子

与大雪一起纷飞……

3

落难的孩子走进来
一个被工业杀害的灵魂
要在这里寻见新鲜的空气

这里仍然是远方
很远很远的地方
须有耐心才能靠近
须有爱心才能走入
会在那柔情的树上
世界呀，也可以完美
世界呀，不能再有更多的逃离

4

所以，春天必须回归
苍茫的林海
应该结束所有的潜伏
透出光
流出水
长出叶
扎下根……

穿过灌木丛
我找到自己的血统
我要质问
谁曾经分裂了我们？

四面是树
四面是完完全全的树
我不是带斧头闯入森林的人
我带来的是泪水与爱情

多年以后的大树
多年以后的父亲
我该把向阳的叶子献给您
而今天，偶然说起您的姓名
就是山外的山外
那谁也追赶不上的声音

5

当我也被你排列成绿色
啊，浓荫福佑的大森林
你有没有真实的背后？
你有没有隐秘的深处？

你的深处是普遍的泥土
你的背后是不改的性情

在这边远的高山上
你用林涛呼唤
你用枝条招手
来呀，我的亲人！

我去拾拣所有可以用来砍伐的工具
我发现了斧子和油锯那刃上如血的木粉
我一下子就想起了早逝的兄弟
想起他倒下的那一瞬间
群山旋转，天空倾陷……

把那些工具火化成往日的云烟
大森林啊
让我带着泥土和水
站在你的面前

6

最后的阳光已经沉入森林
叶子的脸色正在好转
为了明天又一个成长的日子
让亲切的风吹来吧

边地的森林
在度过一个夜晚之前
把一首木质的歌谣
唱得很远很远……

蹿跃的狼

怀着一生漂泊不定的心灵

狼一直寂寞地在旷野奔行
当它凶悍地捕捉猎物的刹那
那一蹿一跃的动态
几乎就是一种诗化的波浪
它闪亮的毛色
在阳光下形成一种旋律
仿佛整个旷野都在随之起伏

跳跃　折转　扭动　扑跌
生命忘情之时
还能纳入什么规范
狼的所有动作
都那样新鲜生动
那样自由随意
那样的不可思议
它那节奏
有如呼呼燃烧的火
张扬着无法停息的色彩

瞬间
智慧　自信　敏捷　力量
都在迸发
真是出神的表演
即使捕捉不到猎物
它也非常优秀了

蹿跃之后
它大口地喘息着
或者痛快地号叫着
它已把自己宣泄得淋漓尽致
目光收回
轻轻地伏下身躯
胸腔里跌宕的浪潮
仍在层层击打
狼　无法平息自己
蹿跃
它再次把自己画成急促的弧线
绘入令人羡慕的境界

冬天里的羊

雪下大了
没有草可吃的羊

被更凶的鞭子抽打到更远的地方

缺少食物的冬天
咩咩叫的大雪
覆盖了整个原野

集体流浪
朴素而弱小的脚印
拥挤成一大片盲目
没有家园可寻
也不知道前面是否真的有青草
停停走走
寻寻觅觅
咩咩叫着的空腹难民

无罪的羊
要走完受罪的一生
尤其躲不过去的
是这个冬天

雨，是一点一滴的城市中心

现在，城市已经完全浸泡在雨中
这是第一场雨，此前
一直是冰雪的冷漠和沙尘的猜测
可能春天就在这样的夜晚来的

横穿那条著名的马路或叫大街
就把横在面前的斑马线一条条突破了
这座城市最具约束力的线条
被什么冲击成了一道道大胆的波纹？

一直看不清的北方城市
在啤酒的泡沫里渐渐地清晰
有如一次沐浴之后
秀美的面容显现在灯光之下

计程车和小街的脚步在放慢
拐过熟悉的楼房和斜映在雨中的影子
被打湿被打得温柔的树
正牵手诉说即将绿的叶子

雨水沿着路边的伤痕

进入城市的内心……
而城市的身体向后倾移
好像还有要仔细考虑的必要

一个夜晚就能把整个春天交还
所有闪亮的碎片开始组合
直至深夜的新歌唱起　才看到
雨，是一点一滴的城市中心

沙子的声音

我听见了沙子的声音
听见了微小的石英的歌声
来自远方的沙丘
来自干燥的地带

它们在我的胸腔里滚动
和我的鲜血磨练在一起
它们细小而又尖锐的音符
撞击着我的心脏

沙子的声音
不停地敲打着
我身体最脆弱的地方
我知道这种感触
该有多么生动、可靠

沙子的声音
使我的生命坚固起来
它们响着、动着
同时也一点点地凝结着
不是一掠而过的

城市的声音杀过来了

我趴在旷野上
趴在大地的胸膛上
听到城市的声音杀过来了

这不是幻觉的声音
的的确确是真实的感受
那声音不会停下来

它几乎就是佩着利剑的猎手
凶狠　而且已经很近了
我在一片碧绿中彻底绝望

这是一个刚刚复苏的春天
城市的声音怎么这么快就杀过来了？
我那赤脚的豌豆
无论如何也逃离不去
那是刚刚破土的小小的豌豆
它正合着手掌祈祷
可它的声音太微弱了
微弱得就像没有这种生命

城市的声音杀过来了
羊群沿着草地向远方流动
我看到披着棉衣的移民
他们自己和自己说着话

和一匹乡下的马站在一起

多少年了
不曾这样细致地看一匹马
看马嚼环上的
那朵铁制的花瓣儿

多少年了
不曾这样近距离地听一匹马
听它胸腔里发出的
嗵嗵跳动的血的声音

它站在城市马路的边上
潮湿的呼吸
和爽朗的响鼻
在这个春天爬上楼梯

所有的人都从窗口张望
英俊的马使大家羡慕不已
它扬起头颅哎哎的叫了一阵
珍贵的音响肯定能流传很久

我站在它的身边
和它肩并着肩
虽然我叫不出它那样的声音

但我在心里已经叫了二十多遍了

它是从乡下来的朋友
和它在一起
就能梦想出许许多多的路
心　就不再蜗居

父亲的墓地

四周的树木静立着
我站在一座军营的面前
这是父亲最后的驻地
熄灯号刚刚响过

他的枪声已经远去
冲锋的步伐也停了下来
他不再发布命令
但他一生的英雄气
仍在大地的深处流动

被埋葬的只是曾经的战争
而一个正直坦率的人生
在自己和平的营盘静静凸起

我把那些雪扫开
看到了父亲沾满硝烟的名字
献上一束他从来都不喜欢的鲜花
却没有听到熟悉的严厉斥责……

玉米们不再大声地歌唱

在秋天的玉米地里
躺下的玉米只有黄色的叶子为它遮霜
玉米们不再大声地歌唱
它们要被收进粮仓

在月光下打开一层层的玉米叶子
真是让人大吃一惊——
它们是什么时候长好了一身的牙齿

一身的牙齿呀
它们在那里静静地等着什么

玉米们不再大声地歌唱
它们用了一年的时间
长硬了自己的牙齿
然后就那样默默地咬紧牙关
等待着离开大地的最后一天

谁也没有料到玉米已经长了那么多的牙
如果想一想
所有的玉米都开始用自己的牙齿在大地上咀嚼
那将是多么让人震惊啊!

大地的胆汁

难道还需要重新认识大地吗
万物生生不息的大地
我早就尝到了你的胆汁

生命并不宽广
肉体只是一个季节
而胆汁正在轮回

我常常在深夜里
静听一个很苦的地名的哭声
那些人葵花般走来
那些事落叶般飘去

当大地撕心裂肺
明亮的胆汁浸出
像一种复生的恳求

找到家乡最早的河水
啼血的鸟儿已经流浪
一些无法避免的悲伤
刻在父亲的墓碑上

我拒绝歌唱
只认领大地的胆汁

一个诗歌僧侣的脚步

—— 张洪波和他的诗歌创作

□ 孟繁华

在娱乐至死的狂欢时代，诗歌的命运可想而知。所幸的是，即便在这样的时代，我们还有一群诗歌的僧侣跋涉在荒漠和暗夜中。他们心怀着与功利主义和实用主义无关的文化信念走向远方。诗歌不可能兑现世俗世界所有的欲望，因此，他们的诉求与现实无关。目睹他们孤独和超拔的身影，内心有无限感慨涌起。张洪波就是这个诗歌僧侣群体中的一个。自1980年起，三十多年的时间，他行走于关内关外，与其说这是他身体的空间挪移或穿行，毋宁说这是他与诗歌同行的追寻步履。三十多年的时间，张洪波发表了近四千首诗歌。通过这些诗歌创作，我们既看到了张洪波在诗歌创作领域取得的成就，当然也看到了他经历的蜕变过程。

一、外部生活与主题化写作

1985年之前，张洪波创作过大量的所谓"森林诗"、"油田诗"，这些诗汇入了时代诗歌的主旋律，使诗人成为集体合唱中的青年成员。八十年代中期以前，中国诗歌已经经历了一场伟大的变革，诗歌首先实现了对文学"一体化"的突围。北岛、舒婷、顾城、芒克等诗人的创作业已深入人心并产生着越来越大的影响。但当时还身处边地的张洪波还没有理解这个诗歌潮流意味着什么。他还是按照自己对生活和诗歌的理解懵懂地前行。也正因为如此，他那个时代诗歌的个性特征是微弱的，诗人也不是具有强烈的追求个性的自我期待，他更多的诗同那一时代的许多作品一样，在颂歌传统的惯性推动下，吟唱着主流话语设定的主题和无需选择的情感色调。这就是张洪波"青春期"的创作。诗人于那一时代的局限究其原因，更在于他身处的时代环境，作为一个青年诗人，难以逃离时代流行色的浸染是大可理解的。他曾出版过《我们的森林》、《黑珊瑚》、《张洪波石油诗选》等主题性的诗集。这些诗关注的还是外部生活，那种乐观的、颂歌式的写作使他的这些诗作既激情四射却又不那么动人心弦。同时，他这一时期有些作品的清纯气息，也在某种程度上些微地透露出了诗人并不自觉的"偏离"意识。诗集《沉剑》中他选了一组《漫长的大森林》，在这组诗中，他或是寂寞地讴歌"小小的无名花"，或是忧郁地远望"林海夕阳"、"森林的夏夜"，"宁静的白杨"、"雨天的森林"等自然景观成了诗人主要的抒情对象，这些诗离开了时代喧嚣的主旋律，以它清纯、透明、孤寂和淡淡的伤感色调，给人以纯粹的审美的静穆。

二、"独旅"：既是宣言也是践行

"我以诗人、旁观者、受难者三重角色出现。我努力地从悲剧的核心处提炼出一个个几乎无法用词藻渲染的意象，以表达我对崇高的苦难的挚情。如果读者能在我这些平凡素净的形象和没有外饰的细节中，体味到人生隐秘的真情，如果读者能在情感静穆的回流里，感觉到了我是在以中国诗歌传统中古老而感伤的审美性格和人生命运那浓重的血色刺痛人们的心扉，我写作之初的心态也就完成了。"（《世纪名家品荐经典大系·诗歌卷》中张洪波写给读者的一段话）这段话可以看作是张洪波结束"青春期"写作的宣言和"独旅"时代的开始。

八十年代末期，诗人出版了他的诗集《独旅》，这些作品几乎都完成于八十年代，它以较成熟的风貌显示了诗人的才能。牛汉先生为之作序并给予很高的评价，他认为这些诗"几乎看不到什么高大的镀着阳光的塔尖，没有空洞的赞美，没有荒诞奇谲的构制，没有大声的震摄人的呐喊，没有遥远而玄妙的神话，也没有多少聪明人的机智，它们质朴而真挚，但本质上不是几十年来的那种传统的直露的描述，也没有流行的很容易学到的技巧，但我以为能在平凡素净的形象中透露出人生隐秘的真情，让诗显出人的由血液形成的原色，总是令人感到十分高兴的"。我赞同牛汉先生对张洪波《独旅》的整体评价，他以几十年当代中国诗歌的发展流程为背景，读出了张洪波诗歌所蕴含的新的因子。时至今日，《独旅》代表了诗人那一时代的诗歌水准，也传达了他独步诗坛的勇气和自信。在现代主义风行一时的时代，他没有语惊四座的愤怒呐喊，没有以"斗士"的姿态反抗一切并怒不可遏；在"实验诗"以宣言为快事的肇事时代，他对旗帜林立的"造反"同样无动于衷。不同的是，这本诗集的许多作品，延续了他"偏离"轨道时期的清纯诗风，并逐渐形成了一种"唯美"倾向。他那些没有时代印痕，平静而温情的小诗，或写自然景观，或写情感经历，它们如山涧小溪，淙淙流过，虽峰回路转却无跌宕起伏大开大阖："一个黄昏／晚阳照耀着百折不悔的荆丛／西山沉静／小小蒲公英／在路边／任秋天鼓足勇气的轻轻一吻／可是动情／沉不住气／好多解法都随了凉风私奔／弯过山脚的路／等待着远行人／那时会有几枚小星／在落叶缤纷的时刻／守候在小店／你疲惫的梦"。在"异乡深秋"的时节，诗人为夕照、秋风、蒲公英这些寻常的意象所打动，它幽远但孤寂，时节、景物以及诗人用语言和节奏构筑出的情境多少有些悲凉，一个远行人在异乡的心境全都融进了这仅十几行的短诗中。这首诗很容易让人联想到西班牙诗人洛尔迦，他的村庄、月亮、沙丘和转动的风旗，曾深刻地影响过一位令人遗憾地死去的当代中国青年诗人。张洪波不是洛尔迦，但他诗歌创造的情境能让人自然地联想到这位享有盛誉的诗人，则从一个方面体现了张洪波诗歌创作所能达到的高度。他还有一首《异乡小巷》，抒发的则是诗人身处异乡时的一次小小的情感震动："不知道你来自哪里／不知道你去向何方／在冬天的夜晚／你脚步轻轻／把雪巷踩响"，这是"冰冷的小巷"、"寂寞的小巷"，但它同时也是一个"多情的小巷"、"温柔的小巷"，诗人以敏感多情的想象方式，使这条"异乡的小巷"充满了人间情趣。

"异乡"的意象对张洪波来说是重要的，它的能指是"身在异乡"，而所指则是"心在异乡"。异乡人多是旁观者或观光客，它让我有理由对诗人这一时期的创作心态做出判断：他无意于加入主流的话语行列，面对成群结队走过的诗歌队伍，他内心充满了矛盾，没有距离、直逼现实的写作方式是否真的能够使诗人有所作为，它是否完全出于诗人内心真实的需要？这些犹疑一方面使诗人充满了孤寂和忧虑，一方面又促使他进一步走向了"唯美"的选择，这就是诗人异乡感的真实原因。上面谈论的两首诗，不是屈原式的、李白式的、拜伦式的，而是戴望舒、徐志摩、王尔德式的，这就是诗人所追求的"独旅"的一部分，应该说，诗人部分地实现了他的期许。但是，就在这些美丽的情境中我们总会感到某种缺失，总会在这些充满了柔情的诗中生出莫名的忧伤或怅然，它静穆则静穆、幽长则幽长，但它是诗人应向往或追求的至高境界吗？对此我深怀疑虑。在中国，无论是主流文化还是民间文化，都曾对这一境界有过明示或暗示：道家讲求"清静无为"、"宁静致远"、"淡泊明志"；佛家则强调戒欲修身、无常无我、涅槃便是解脱。而对诗人来说，走向"唯美"则是超越现实最有效的途径，那些困顿中便沉溺于山水、寺院、深山的文人骚客实在是太多了。而这一"出世"式的"唯美"也确实具有极大的魅力，确实具有难以抵御的一面。但是，与现实有关的诗人能够做到彻底的解脱么？如果"独旅"显示的仅仅是诗人自恋式的清高，它对于我们还有意义吗？做如上分析并不意味我对"唯美"作品的否定或轻视，事实上，具有唯美倾向的作品给人带来的各式间接体验是不能代替的。我要说的是，对这一境界的追求如果具有"终极"的意味，则是让人不能赞同的。

所幸的是，这仅仅是张洪波诗歌创作的一部分，或者说，它更多体现的是诗人困顿时期所能选择的一种方式。从他的经历、气质和文化背景来看，他不可能成为一个与现实无关的诗人。《独旅》中的许多作品业已证明，诗人对当代中国的生存处境和精神处境绝非熟视无睹，恰恰相反的是他注目已久并有深刻的体察。他有一首被人多次谈论的诗，名叫《雄牛》，这首诗虽然所指不明，但每一个读过它的人都会根据自己的经验或精神历程激起痛苦的联想，这里蕴藏着丰厚的文化含量，它不再是轻柔的、清纯的"宁静致远"的小诗，而是雄性的、充满了悲剧和苦难感的、与当代中国现实息息相关的作品，它犹如雄牛夜半的一声长啸，令人心潮难平："雄牛绝望地吼了两声长调 / 为被割除的一对睾丸 / 放喉痛哭"，这一残忍的阉割场景经典性地揭示出了世界的最大丑恶，它集中地体现了暴力的强权意志，而这些一旦被诗人以诗的形式勇敢地揭示出来，就产生了难以意料的震撼人心的效果。雄牛被阉割了，"午夜 / 远远的牛栏里 / 又传来一声声放号 / 我猜想一定是它 / 只有它的声音 / 才能够震颤这夜 / 使之难眠"。诗人并未痛心疾首或愤怒或抨击，而是平实地描述了雄牛被阉割后的惨绝人寰的"一声声放号"，在这样的描述里传达着诗人人性的悲悯和关怀。

《独旅》中有许多类似的诗篇，如《铜像》、《你的纪念碑》、《一只鹰》、《过崖》、《伤疤》等等，这些诗都体现了诗人对现实世界、尤其是人的精神境遇的深切关怀，显示着诗人的精神指向与人生态度，这些作品所体现的诗风又从一个侧面证实了诗人并不那么"婉约"。因此，即便宣称自己为"独旅"诗人，其实也难免僭妄，只要还认为这个世界与你有关，你便难以实现"旁观"与"独旅"的姿态性愿望，你总会情不自禁地参与其间，抒发或感受人间的悲苦与欢乐。这一点在张洪波的诗作中已有明确无疑的传达，他热爱人间，但他厌恶"无名权威"的指使，也正是在这样的意义上，他的"独旅"意识才为我们格外看重。事实上，我们也经常处于矛盾甚至悖反的状态中：当文学充满了战火硝烟的时代，我们渴望读到一些轻柔温情的文字，渴望这样的诗给我们板结的心灵以抚慰或浸润，但是，当时代四处布满了消费性的软文学，到处都有软性"抚慰"强加于人时，我们又希望文学的强健之风劲吹，为一个时代建构起强壮的文学骨架。时下，我们内心充满了对后一种文学的向往与怀念。

这时，我读到了张洪波的长篇抒情诗——《穿越新生界》（载1994年12月号《作家》文学月刊）。这是一首长达八百多行的抒情作品，在诗人的创作生涯中，它具有重要的意义。这是一个寓言式的诗歌文本，是诗人在"结构"一切、"消解"一切的文化背景上，尝试重建意义世界，维护人类基本价值准则、重返"深度"的一次卓有成效的努力。在八百多行的文本空间，诗人以奇特的想象，平实的语言，多样的形式实验和丰厚的历史感，为我们讲述了一次他潜藏已久、积淤已久的思想情感经历，时间与空间、历史与现实流畅无碍地交织在一起，抒发了诗人善良和人性的企盼。"新生界"是人类一个遥远的梦境："大片大片的植物／仍然在岩石中／绿化着地球的历史／鸟儿的歌声仿佛还在萦绕／那样美丽／那样容易响彻心灵／货币虫的童话真切迷人／那么缓慢／那么动情"。诗人"深情呼唤"的，正是这样的"一个又一个梦境"，但这不是"颂歌"时代编织的现实，而是我们永难经临的远古的故事。人类创造了新的现实，但也制造了新的灾难："灾变／那样无可扼制地来临了／所有美好的都被无情地破坏／所有智慧的都变得格外痴呆／动乱的世界啊／毁伤了梦／以及和梦有关的所有事情"。诗人用远古与现实的对比，虚构了一个"新生界"的乌托邦，借以唤起人们洁身自爱，以善和爱来重建这一世界的关系。当然，诗的有限性决定了诗人只能以想象的方式传达自己的现实态度，它不是科学论文，它所有的期待都仅仅是情感愿望，昭示人们迈向一种境界，而难以给人兑现的承诺。然而，我们就在这样的昭示中会重新感到生存下去的勇气，这使我们的绝望和悲剧感有了一个"避难所"，临时共享一次让人感动的智慧的想象。它是九十年代并不多见的、气象不凡的一首优秀的长篇抒情诗。

三、心灵自由的诗歌僧侣

九十年代中期以后，张洪波的诗歌创作进入了一个新的境地，这是一种心灵自由的境地，是精神和情感任意飞升的境地。他性情所致处处都是他诗歌的舞台。他放弃了对外部事物关注的热情，却又借助外部事物表达个人的心灵生活。在相当长的一段时间里，张洪波多以自然意象为书写对象。他写"爬行的蚂蚁"、"周口店鱼化石群"、"智利的蝴蝶"、"蹿跃的狼"、"都市企鹅"、"冬天里的羊"、"五月麻雀"、"深山里的瓢虫"、"愤怒的鱼鹰"等等；他写"蒲公英"、"槐花"、"枣儿"、"山楂"、"萱草"、"老树"、"柳蒿芽"、"玉米们"、"玉兰树"等等。这些自然事物曾长期驻扎在诗人的心中。张洪波的这一选择显然是经历过长久思考和准备的。当然，如前所述，张洪波不是一个寄情自然的山水诗人，他是要通过这些意象表达他对一些事物的认知和情感。我欣赏的是，经历了现代派的文学洗礼之后，文学越来越趋于理性，越来越哲学化，但张洪波的诗歌仍然在情感的范畴展开，他提供的那些意象是我们熟悉的，但表达的情感却远远超出了我们的想象。比如，他写荒寒中的料峭与希望："一个倚门吹箫少女的箫声在乡村大院飘荡：/箫声从一个村庄传到另一个村庄/箫声从一个院落传到另一个院落/冬天就是不融化/春天也必须来了"。少女、箫声、冬天、春天，四个意象构成了诗歌的全部。它将"春天也必须来"的信念和力量，寄予在安静和纯粹之中。

当然，诗人作为知识分子，无论在任何时候，他都不能放下对现实的批判之剑。在张洪波的诗中，我们发现，他面对自然和乡村的时候，内心柔软而松弛。一旦面对城市，他顿时紧张并多有拒斥。他有一首《城市的声音杀过来了》：

我趴在旷野上
趴在大地的胸膛上
听到城市的声音杀过来了

这不是幻觉的声音
的的确确是真实的感受
那声音不会停下来
它几乎就是佩着利剑的猎手
凶狠　而且已经很近了
我在一片碧绿中彻底绝望

这是一个刚刚复苏的春天
城市的声音怎么这么快就杀过来了？
我那赤脚的豌豆
无论如何也逃离不去
那是刚刚破土的小小的豌豆
它正合着手掌祈祷
可它的声音太微弱了
微弱得就像没有这种生命

城市的声音杀过来了
羊群沿着草地向远方流动
我看到披着棉衣的移民
他们自己和自己说着话

都市化进程的不断加快，改变了我们原有的生活方式和情感方式。但是，过快的都市化带给我们的未必都是福音，它的后果我们正在或部分地经历。那"合掌祈祷"的"小小豌豆"，怎么能够阻挡住"杀过来"的"城市的声音"。然而城市终究是荒诞的："可最初和最后我都是虚伪和懦弱的/就像一根尚未炸好的瘦弱的薯条/不知所措地靠在角落里/仿佛在等待着什么，其实/什么都不是能等到的"（《主题啤酒》）。对城市生活的批判和对乡村记忆的诗性书写，是张洪波近一个时期诗歌创作的基本内容。但是，无论我们对现代城市怀有多少厌恶，可以肯定的是，现代性是一条不归路。就像历尽挫折的农民，城市无论对他有多少苦难和不公，他还是选择坚守而不是退缩。

在诗歌创作道路上，张洪波如同一个诗歌僧侣已经行走了很久，显然他还要走下去。一个没有终点的旅行挑战的是一个人的意志和品质，但愿张洪波在这条人烟越来越稀少的道路上不断与绿洲和驿站相遇。事实也的确如此，在张洪波跋涉的道路上，牛汉、叶橹、吴开晋、陈超、樊发稼等著名批评家曾先后著文评论过张洪波的诗歌，或者说，张洪波的诗歌创作已经进入了当代中国诗歌的第一方阵。作为牛汉先生的学生，张洪波曾多次表达对牛汉先生的敬意。他要继承牛汉先生的衣钵和传统。2013 年 9 月 29 日，享年 91 岁的"诗歌老英雄"牛汉先生去世了。我们怀念这位铁骨铮铮的老诗人。而此时，我又看到了张洪波多年前写下的《大树——献给牛汉先生》并借用这首诗的几节结束本文：

> 在旷野里找到你
> 默默的　参天的形象
> 如一座庄严的丰碑
> 深色的铭文
> 有读不完的内涵
>
> 我知道　你有生以来
> 就没有肤浅地显露过自己的生机
> 你不是那种匆匆而过的生命
> 你不是那种可以随意倾倒的身躯
> 根　扎入泥土
> 你有着灵魂的深入
>
> 从没有把你看成是一位老人
> 但一直把你理解为一段历史
> 从没有把你看成是一尊雕像
> 但一直把你理解为高山的风度
> 从没有把你看成是一棵普通的树木
> 但一直把你理解为最可亲近的朋友
> …………Z

外国诗歌
FOREIGN POETRY

当苍茫的夜色钻进我的阁楼,
又探出身来出现在我的穿堂,
它便会把我像瓦罐一样
装满水,再插上一束丁香。

——《夏日》

帕斯捷尔纳克诗选

□刘伦振 曾正平/译

生活——我的姐妹 (1917年夏)

生活——我的姐妹，今天你这样慷慨，
像春雨一样落到每一个人的身上，
但是缀满玉佩的人们却高声抱怨，
温文地咬人，像燕麦田里的蛇一样。

长者们对这种事自有他们的道理。
可你的理由却非常可笑，毋庸置疑，
哪能说，打雷时眼睛和草坪会发紫，
地平线上可以闻到鲜木樨的香气。

哪能说，五月你在去卡梅申途中，
待在车厢里阅读着火车的时刻表，
那时候它就会比圣书还显得巨大，
灰尘和暴雨弄脏的长沙发也比不了。

哪能说，刹车台刚一刹车，一阵臭骂，
直冲向让土酒灌醉的和气的乡下人，
人们就从坐垫上在看我是否到站，
西下的夕阳对我深深地表示同情。

铃声响过三遍，就那样充满歉意地
飘然消逝：我很遗憾，还不是此地。
窗帘下散发着糊味很浓的夜的气息，
原野离开车门升降磴直冲向星体。

人们眼皮眨动着，但是却像在酣睡，
眨巴眼的可爱的头纱也睡得香甜，
同时心儿一面拍打着车厢的过台，
一面把车厢的小门纷纷撒向草原。

在这一切之前是冬天

在镶上花边的帷幔里——
一群乌鸦；
严寒的惊惧也在那里——
生根发芽。

这是十月在盘绕回旋，
这是恐怖
踮着趾尖儿向着楼上
轻轻迈步。

不管怎样哀求、抱怨、
声声诉苦，
人们还是挥动着旗杆
为十月辩护。

人们抓住寒风的手，
沿着楼梯，
从住宅里赶出木头
忙把柴劈。

飞雪渐浓，从河湾处——
来到商店，
发着感慨："久违久违，
多时不见！"

它被翻掘过多少次，
每当冬天来临，
它就从马蹄上洒下
多少可卡因！

它用湿漉漉的盐从云端，
从那马街，
消除痛苦——就如同去掉
帽上斑点。

夏天的星星

讲述了可怕的故事，
说出了准确的地址。
打开门，探询，动作，
就像人们在剧场里。

静寂，我听说过的一切，
就数你最美妙、最新颖。
一只只蝙蝠飞来飞去，
却使一些人不得安生。

七月之夜的城郊乡村，
似金发女郎的一般娇艳。
天空自有无数的借口，
惹是生非不使你安闲。

闪耀着，流泻着欢畅，
倾注着明亮的光辉——
在某某某某经纬度上，
在某某某某子午圈里。

由于绰号、裙摆、鞋子、
秀发和朱唇的恳切招徕，
威风尝试着轻轻地
使一株蔷薇欠起身来。

轻纱般的、热烘烘的屋里
把用微风使之作响的一切，
把久久弹奏而得到的一切，
全都扔出去投入砂石。

崩　溃

　　突然，在世界尽头的四面八方，一切变得清
晰可见。
　　　　　　　　　　　　　——果戈理

崩溃啊，我们哪能砍削时间？
崩溃啊，我们怎能把你消磨？
奇迹突然出现，就像宇宙汇中的
伏尔加水域，澎湃不息地流过。

而在对草原旱灾的仁慈宠爱
目光已经习惯于屈从的地方，
这灾变却迷迷茫茫，浓烟滚滚，
像革命的草垛一般升腾回荡。

远处，在每座巨大的存谷楼里，
在粮仓里，小耗子们惊得发傻，
梁木和大麻袋燃起熊熊大火，
屋顶上渐渐熄灭了，细雨飘洒。

星星们在无言而热烈地争论：
巴拉绍夫城躲进了什么地方？
溜出多少里？霍漂尔河在哪？
而草原上的空气十分的惊慌。

它嗅到了，并且正在吮吸着
士兵哗变和远处闪光的神采。
它呆头呆脑，支着耳朵谛听。
刚一躺下便听到：转过身来！

炮声隆隆。不能躺也不能靠。
闪动的火绒在每个广场飞漫。
而那边，黑夜在树根上闲逛，
亲吻着清晨火红火红的木炭。

决 裂 (组诗选四)

1

耽于说话的天使啊，一开头，一开头，
我就想让你豪饮纯洁的哀怨的苦酒！
但我不敢这样，这样便是以牙还牙！
啊！那一开始就被谎言污染了的悲楚，
啊，痛苦，痛苦，那患了麻风病的痛苦！

耽于说话的天使啊，——不，即使，
即使心脏患上湿疹也并非一定会死！
但你为什么告别时要把缠身的病症
赏赐给心灵？为什么要无益地投赠
雨珠般的吻；为什么像消磨时间一样，
为了一切人、当着一切人，嬉笑着把我杀伤！

2

啊！耻辱，你已成为我的重荷！啊，天良，
在这早熟的决裂中还有这么多倔强的思想！
人啊，多么希望——我只是鬓角、嘴唇、眼睛、
手掌、肩膀和面颊的毫无价值的无谓合成品！
那样，按照诗节的嗯哨声，按照它们的呐喊，
按照信号，按照痛苦的饱和程度和它的青春，
我会服从于它们全体，我将率领它们去进攻，
我的耻辱啊，我也会对你发起最勇猛的冲锋！

6

失望了吧？你是否以为在这人世间，
我们唱完了天鹅的安魂曲就能分手？
你指望着痛苦，就睁大噙着泪水的眼睛
左思右想，他们是不是就难以制服？

弥撒时壁画本来会从拱顶上剥落，
在赛巴斯蒂亚诺的双唇上跳荡表演。
但从今夜起，我怀恨一切都太冗长；
但可惜的是，我手中没有一根皮鞭。

在黑暗之中，这种恨刹那间恍然觉醒，

毫不迟疑地决定把一切重新耕耘。
是时候了。它自杀没有任何道理，
就连这也只是像乌龟那样的爬行。

7

朋友，温柔的朋友，一点不差，就像夜里从卑尔
　　根飞往北极的途中，
被纷飞的大雪从潜鸟腿上拔下的热乎乎的羽绒，
我发誓，温柔的朋友，发誓我并非在强迫自己，
当我对你说——我的朋友啊，睡吧，别放在心中。

正当我像被挤到烟囱跟前的挪威人的尸体，
在像蒙上霜的桅杆一动不动的冬天的梦幻里，
在你双目闪电的反光中被指为戏谑者的时候——
放心睡吧，不要紧，朋友，请安静，别哭泣。

正当我完全像最后的居民点以外的北方，
偷偷地瞒着日夜不息警醒着的北极冰块
用午夜的苍穹漱洗失明的海豹眼睛的时候，
我说——别擦，睡吧，忘掉：全是胡乱编排。

我能忘记他们

1.致诽谤者

啊，童年，心灵深处的长柄勺！
啊，我的摄政王，我的鼓舞者——
一切莽莽丛林的土著民族，
你深深扎根于自爱的泥土！

在玻璃片上干掉了多少眼泪！
有多少黄蜂和月季形容憔悴！
而那消失了的混沌的世界
却往往像破土而出的红蕨！

有多少被压凹的枯骨，
有多少被搅乱的键盘，
漂泊无着，郁闷凄苦，
准备洗雪诽谤的仇冤！

在诽谤的有若有其事的灾难，

在诽谤的有毗邻而居的富翁，
在诽谤的有躲在门后的家务，
在诽谤的有钥匙悦耳的叮咚。

在诽谤的有虚情假意的握手，
在诽谤的有浓香袭人的胸衣，
在诽谤的有观看手相的术士，
在诽谤的有华贵优雅的赠礼。

在诽谤的有不同年龄的小人，
啊，年轻人——对我们如何编排？
啊，左派——对我们极左派——
难道诽谤中会透出红润的丰采？

太阳啊，你听清楚吗？"要捞回本钱。"
松林啊，是我们在做梦？"要殚精竭虑。"
生活啊，对我们而言名称已名存实亡，
对你而言名称已拂逆了它原来的意义。

苍白之谜的邓肯便是教授！
啊，休假中的人群的骚乱，
啊，上帝，上帝，也许你会记起，
你把我们卖给这人世是多少价钱？

2

我能忘记这一切吗？忘记我的亲人？
忘记海洋？忘记对卧铺票位的眷恋？
而为着感情的恣意放纵——就踏进陷阱？
随着狂飙——加入各个党派的神意裁判？

跃过窗口，钻进车厢，扑向食品箱？
在某处趴下，卸下点东西，住下歇息？
我为这种磨难自豪。请抚平我的创伤！
牝狮啊，我凭着锋利的爪子认出了你。

忘却亲人，忘却海洋，忘却那类似
惩罚一般的苟且偷生的荒诞的谬论。
不能这样报复流刑犯。——请抚平创伤！
啊，我才是一个无产者，绝不是你们！

这是真的。我失过足。啊，鞭打吧！
我是在野兽的自负心理中跌倒在地，
我曾难以置信地贬低、凌辱过自身，

我也曾痛苦不堪地贬低、凌辱过你。

3

人们就这样开始。两岁左右，
从保姆怀里冲向无数悦耳的声音，
咿咿呀呀，叽叽喳喳，而说话
那已是三岁的时候才出现的情景。

人们就这样开始明白事理。
在开动的涡轮机的嘈杂声里
仿佛觉得，母亲不是母亲，
你不是你，而故园成为异地。

如果真的不偷小孩的东西，
那坐在板凳上的一束丁香
它的惊人的美色可怎么办？
这样便产生了怀疑的思想。

恐惧的心情也便这样成熟。
如果他是幻想家或浮士德，
他将如何让星辰高不可及？
吉卜赛人就是这样地起步。

像叹息一样出其不意的海洋，
就是这样展现在人们的面前，
在本该有房屋的篱笆上翱翔。
抑扬格诗体也将这样地起源。

仲夏之夜就这样，面孔朝下，
一边匍匐在燕麦中哀求：请实现！
一边用你的目光威胁着朝霞，
就这样发生了跟太阳的争辩。

人们就这样开始写诗的生涯。

4

我们人少，也许就我们这三个
顿涅茨的、火暴的、严酷的人，
滂沱的雨水，滚滚的烟尘，
士兵苏维埃，一首首诗歌，
就运输和艺术辩论不息——
这便是我们奔跑的灰色表皮。

我们曾经是人，我们是时代。
我们被赶到商队里飞驰，
就像煤水车的活塞的叹息
以及枕木的断裂声中的冻土，
我们飞拢来，冲进去，然后启程，
像乌鸦的旋风一样开始盘旋升腾。

而且——一掠而过！——等你们
明白过来，为时已晚。就这么样，
风的足迹一清早横扫饲草的草捆，
——然后稍事停留在那堆积雪上——
接着便活跃在屋顶的板条上空
树木热烈举行的集会的谈话中。

5

从那条吹灭了蜡烛的马路上
倾泻而下的歪歪斜斜的图画——
我将无法使它们不再从墙上、
从挂钩上冲向韵脚，合拍落下。

宇宙戴上假面具有什么关系？
世上没有人们不自告奋勇地
用油灰封住嘴巴以备过冬的
那样的维度，又有什么关系？

但万物终会从脸上把假面具
扯下，失去权势，丧失声誉，
一旦它们有了理由放声高歌，
一旦豪雨有了借口倾盆泻落。

夏　日

春天，当朝霞尚未升起的时候，
一堆堆篝火照亮我们的菜园——
那是肥沃富饶的宴席上
一座座多神教的祭坛。

处女地正在慢慢地烧成灰烬，
清早就热气腾腾，像蒸笼一样，
整个大地都被烧得通红，
如同灶边热烘烘的土炕。

我将一下子脱掉身上的衬衣，
打着赤膊去那儿开荒种地，
炎炎烈日晒着我的脊背，
就像在土窑里烧制陶器。

我将站在太阳最烤人的地方，
我将在那儿眯缝起我的两眼，
舀一勺制作瓦罐的釉子，
将我从头到脚浑身浇遍。

当苍茫的夜色钻进我的阁楼，
又探出身来出现在我的穿堂，
它便会把我像瓦罐一样
装满水，再插上一束丁香。

它将把表面的一层用水洗掉，
从我那已经冷却了的罐壁上，
然后它会把我捧去交给
某一位本地出生的女郎。

那棵刚刚吐放的小小的幼芽
将翘首企足，向往宝贵的自由，
当它在油漆过的柜子上
安顿好，准备过夜的时候。

初　寒

门开了，一股寒气像蒸汽一般
从院子里猛然间涌进了厨房，
瞬息间一切又重新回到了往昔，
变得和童年时那些夜晚一样。

天气是那么干燥，又那么平静，
冬天像一位不胜娇羞的女郎，
怯生生地不敢贸然闯进屋来，
伫立在离门口五步远的地方。

冬天，一切又都显得那么新鲜。
白柳像一群双目失明的老翁，
向十一月的灰白的远方走去，
没有拐杖，也没有引路的儿童。

河流和柳树全都披上了银装，
而头顶上那星月无光的穹苍
横亘于裸露着的冰封的河面，
有如一面镜子搁在梳妆台上。

在那白雪半掩着的十字路口
有那么一棵亭亭玉立的白桦，
凝望着她映在镜子里的影像，
戴上一颗明星点缀她的秀发。

她暗自寻思，隐隐约约地猜到，
坐落于边缘上的那幢别墅里，
就像在她那高耸的树梢一样，
冬天充满了令人愕然的奇迹。

城　市

厨房里的寒冬、炉子的歌声、
结了冰的储藏室和暴风雪，
到头来可能比辣口的萝卜
更加使我们感到深恶痛绝。

树林和房子如隔万水千山，
四周全是雪堆、死亡和睡眠，
仿佛这不是四季中的一个，
而像是时间的末日和终点。

梯子很滑，结的冰未曾敲掉，
水井消失了，但剩几个圆环，
城市和温暖在吸引着我们，
严寒中它们如同磁铁一般。

可以毫不夸张地说，在农村，
冬天过日子简直是活受罪，
而城市对于世界的不完美
却是满不在乎，根本无所谓。

它创造了千千万万的奇迹，
因此它大可不必害怕寒冷。
它以无数阅历甚深的灵魂
而成为一种精神，如同幻影。

无论如何，至少在那堆放于

铁路死岔线上的劈柴眼中，
它在通宵灯火辉煌的远方
看起来正是这样一个幽灵。

我少年时也对它怀着崇敬。
它的傲慢得了我的垂青。
它把世代的生活看成草稿，
惟有等待它予以润色完成。

它每天晚上展出它的财富，
以此模仿光彩夺目的群星，
它甚至取代了天空的位置——
在我那幼稚可笑的幻想中。

在早班列车上

今年冬天我住在莫斯科郊外，
但总碰上大雪纷飞，狂风怒吼，
每当我因为有什么事情要办，
不得不冒着严寒进城的时候。

夜色正浓，天空仍是一片漆黑，
我便独自走出家门，匆匆上路，
在那伸手不见五指的树林里
撒下一长串沙沙作响的脚步。

荒野里的白柳纷纷站立起来，
在铁路的交叉道口把我欢迎。
在寒彻骨髓的元月的坑洼里，
群星错落，高挂在世界的上空。

在那人烟稀少的僻静山野里，
通常总有列火车力图把我赶上——
邮车或是四十次，而我要搭的
却是六点二十五分的那一趟。

突然间那些狡黠的光的皱纹
聚集成一团，如同收拢的触角。
探照灯以其整个硕大的身躯
冲上震惊得瞠目结舌的旱桥。

在闷热得难以忍受的车厢里，
我任凭软弱的发作将我支配，

这种软弱在胎儿时便已生成，
并同奶汁一起吸进我的体内。

透过历史上沧海桑田的变迁，
以及战争和饥饿的艰难岁月，
我曾默默无言地逐渐认识了
俄罗斯的无与伦比的高风亮节。

我竭力克制内心的景仰爱慕，
观察着，有如瞻仰天上的神灵。
这里有乡村的妇女和庄稼汉，
也有正在上学的孩子和钳工。

在他们身上找不到奴颜媚骨，
贫穷总是给人打下这种烙印，
他们像堂堂主人承受了一切：
无论是新事物还是艰难困顿。

孩子们和少年们成堆地坐着，
如同在马车上一般，姿势各异，
一个个都在捧着书埋头阅读，
那么如饥似渴地把知识吮吸。

在逐渐变成银白色的昏暗中，
莫斯科敞开怀抱把我们迎接，
我们从地下铁道里走了出来，
离开了那具有两重性的世界。

儿孙们争先恐后向栏杆挤去，
所到之处都闻得到阵阵清香，
那是掺有樱桃露的新鲜肥皂
和蜂蜜饼干散发出来的芬芳。

树林里的春天

那穷凶极恶的冷峭严寒，
将化雪的日子牢牢阻拦，
春天从没有来得这样晚，
然而也从没有这般突然。

公鸡一清早就寻花问柳，
母鸡躲不胜躲，防不胜防。
松树扭过头来面向南方，

眯缝着两眼注视着太阳。

尽管天气闷热，阳光炙人，
坚冰却仍然把道路封锁，
它一连几周始终不愿意
让它们脱去发黑的硬壳。

树林里遍地松针和枯叶，
一切都披着洁白的银装，
化雪的地方通通被淹没，
一半是水，另一半是阳光。

天穹铺满绒毛般的乌云——
在春天的污泥浊水上空，
它卡在头顶上的枝丫里，
因为天气太热，一动不动。

雨霁

宽阔的湖面有如一个圆盘。
在它对岸——云彩布满了蓝天，
还有高山之巅那重重叠叠、
气势森严而洁白耀眼的冰川。

随着天空中的光线的变化，
森林也在不断地改变色调。
时而乌黑，像蒙着一层烟炱，
时而通红，似烈火在熊熊燃烧。

当连绵的阴雨天宣告结束，
漫天乌云中露出一抹蔚蓝，
这裂口中的天空何等壮丽，
小草手舞足蹈，心里多么喜欢！

风扫清了远方后已经停息。
阳光给大地铺上一层金沙。
空气中透露出树叶的翠绿，
如同用彩色玻璃拼成的图画。

在教堂里的窗框的壁画上，
那些神仙、帝王以及苦行僧，
戴着光闪闪的不眠的冠冕，
正是像这样将目光投向永恒。

仿佛这教堂的内部是一片
广阔的大地，如此浩瀚苍茫，
从它的窗口我有时能听到
远方的合唱在我的耳边回响。

自然，世界，玄妙莫测的天机，
在你那长久的祈祷仪式上，
敬畏将使我的心频频战栗，
幸福将使我的两眼热泪盈眶。

粮　食

你积累结论已有半个世纪，
但并不把它们写进你的笔记。
既然你自己并不是个白痴，
你必定多少明白了一点事理。

你明白了劳动有多么快乐，
成功之路有什么秘诀和法则。
你明白了偷闲是一种罪过，
没有功绩便不能把幸福获得。

那郁郁苍苍的草木的王国，
那威震四海的飞禽走兽之邦，
正在等待祭坛和神的启示，
正在把英雄们和勇士们盼望。

在人类命运的漫长链子上，
粮食便是头一个这样的启示，
千百年来祖先们把它培育，
作为传家宝交给子孙，传给后世。

生长着黑麦和小麦的田地
不只是在召唤你去收割、脱粒，

它是你的先人留下的手迹，
他们添写的这一页谈的是你。

这便是他们留给你的话语，
而在那生老病死的往复交替、
人世盛衰的循环周转之中，
这是他们的史无前例的壮举。

初　雪

外面大雪纷飞，狂风怒吼，
将世间万物严严地覆盖。
送报的女郎成了个雪人，
售报亭也被大雪所掩埋。

在我们漫长的一生当中
我们多次得到一个印象，
雪纷纷降落是出自隐讳，
为了转移视线，隐瞒真相。

这个不知悔改的隐瞒者——
在洁白的流苏的掩护下，
它不知有多少回从郊外
把你们两人分别送回家！

浑身裹着白花花的棉絮，
漫天的飞雪糊住了两眼，
一个影子如同一个醉汉，
踉踉跄跄地走进了庭院。

一举一动显得那么仓促，
十拿九稳还是那个缘故：
又有人干下了什么罪孽，
它得赶去掩盖，以免败露。

MU DAN

穆旦

〔1918—1977〕

　　原名查良铮，出生于天津，祖籍浙江海宁。诗人、翻译家。1935年考入清华大学外文系。抗战爆发后，辗转于长沙、昆明等地，在报刊上发表大量诗作。1940年任教于西南联大。1949年赴美国留学，入芝加哥大学英国文学系学习。1952年获文学硕士学位。1953年回国后，任南开大学外文系副教授。1958年调图书馆工作。1977年因心脏病突发去世。

　　出版有《探险者》、《穆旦诗集（1939-1945）》、《旗》等诗集。其诗歌创作将欧美现代主义和中国诗歌传统结合起来，诗风富于象征寓意和心灵思辨，是"九叶诗派"的代表性诗人。

穆旦诗选

野 兽

黑夜里叫出了野性的呼喊，
是谁，谁噬咬客观存在受了创伤？
在坚实的肉里那些深深的
血的沟渠，血的沟渠，灌溉了
翻白的花，在青铜的剑上！
是多大的奇迹，从紫色的血泊中
它抖身，它站立，它跃起，
风在鞭挞它痛楚的喘息。

然而，那是一团猛烈的火焰，
是对死亡蕴积的野性的凶残，
在狂暴的原野和荆棘的山谷里，
像一阵怒涛绞着无边的海浪，
它拧起全身的力，
在黑暗中，随了一声凄厉的号叫，
它是以如星的锐利的眼睛，
射出那可怕的复仇的光芒。

防空洞里的抒情诗

他向我，笑着，这儿倒凉快，
当我擦着汗珠，弹去爬山的土，
当我看见他的瘦弱的身体
战抖，在地下一阵隐隐的风里。
他笑着，你不应该放过这个消遣的时机，

这是上海的《申报》，唉这五光十色的新闻，
让我们坐过去，那里有一线暗黄的光。
我想起大街上疯狂地跑着的人们，
那些个残酷的，为死亡恫吓的人们，
像是蜂拥的昆虫，向我们的洞里挤。

谁知道农夫把什么种子撒在这地里？
我正在高楼上睡觉，一个说，我在洗澡。
你想最近的市价会有变动吗？府上是？
哦哦，改日一定拜访，我最近很忙。
寂静。他们像觉到了氧气的缺乏，
虽然地下是安全的。互相观望着：
黑色的脸，黑色的身子，黑色的手！
这时候我听见大风在阳光里
附在每个人的耳边吹出细细的呼唤，
从他的屋檐，从他的书页，从他的血里。

炼丹的术士落下沉重的
眼睑，不觉坠入了梦里，
无数个阴魂跑出了地狱，
悄悄收摄了，火烧，剥皮，
听他号出极乐园的声息。
看，在古代的大森林里，
那个渐渐冰冷了的僵尸！

我站起来，这里的空气太窒息，
我说，一切完了吧，让我们出去！
但是他拉住我，这是不是你的好友，
她在上海的饭店结了婚，看看这启事！

我已经忘了摘一朵洁白的丁香花夹在书里，
我已经忘了在公园里摇一只手杖，
在霓虹灯下飘过，听 LOVE PARADE 散播，
我忘了用淡紫的墨水，在红茶里加一片柠檬。
当你低下头，重又抬起，
你就看见眼前的这许多人，你看见原野上的那许
　　多人，
你看见你再也看不见的无数的人们，
于是觉得你染上了黑色，和这些人们一样。

那个僵尸在痛苦地动转，
他轻轻地起来烧着炉丹，
在古代的森林漆黑的夜里，
"毁灭，毁灭"一个声音喊，
"你那枉然的古旧的炉丹。
死在梦里！坠入你的苦难！
听你极乐的嗓子多么洪亮！"

胜利了，他说，打下几架敌机？
我笑，是我。
当人们回到家里，弹去青草和泥土，
从他们头上所编织的大网里，
我是独自走上了被炸毁的楼，
而发现我自己死在那儿
僵硬的，满脸上是欢笑，眼泪，和叹息。

中国在哪里

1

有新的声音要从心里迸出，
（他们说是春天和到来）
住在城市的人张开口，厌倦了，
他们去到天外的峰顶上觉得自由，
路上有孤独的苦力，零零落落，
下着不稳的脚步，在田野里，
粗黑的人忘记了城里的繁华，扬起
久已被扬起的尘土，

在河边，他们还是蹭着干燥的石子，
俯着身，当船只逆行着急水，
哎唷，——哎唷，——哎唷，
多思的人替他们想到了西北，

在一望无际的风沙之下，
正有一队骆驼"艰难地"前进，
而他们是俯视着了，
静静的，千古淘去了屹立的人，
不动的田垄却如不动的山岭，
在历史上，也就是在报纸上，
那里记载的是自己代代的父亲，

地主，商人，各式的老爷，
没有他们儿子那样的聪明，
他们是较为粗鲁的，
他们仔细地，短指头数着钱票，
把年轻的女人搂紧，哈哈地笑，

躺下他们睡了，也不会想到
（每一代也许迟睡了三分钟），
因而他们的儿子渐渐学知了
自己的悲观的，复杂的命运。

2

哪里是母亲的痛苦？哪里
母亲的悲哀？——春天？
在受孕的时期，
看见没有痛苦的悲哀，那沉默，
虽然孩子的队伍站在清晨的广场，
有节拍地歌唱，他们纯洁的高音
虽然使我激动而且流泪了，
虽然，堕入沉思里，我是怀疑的，

希望，系住我们。希望
要没有希望，没有怀疑
的力量里，

在永远被蔑视的，沉冤的床上，
在隐藏了欲念的，干瘪的乳房里，
我们必须扶助母亲的生长，
我们必须扶助母亲的生长，
我们必须扶助母亲的生长，
因为在史前，我们得不到永恒，
我们的痛苦永远地飞扬，
而我们的快乐，
在她的母腹里，是继续着……

赞 美

走不尽的山峦和起伏，河流和草原，
数不尽的密密的村庄，鸡鸣和狗吠，
接连在原是荒凉的亚洲的土地上，
在野草的茫茫中呼啸着干燥的风，
在低压的暗云下唱着单调的东流的水，
在忧郁的森林里有无数埋藏的年代。
它们静静地和我拥抱：
说不尽的故事是说不尽的灾难，沉默的
是爱情，是在天空飞翔的鹰群，
是干枯的眼睛期待着泉涌的热泪，
当不移的灰色的行列在遥远的天际爬行；
我有太多的话语，太悠久的感情，
我要以荒凉的沙漠，坎坷的小路，骡子车，
我要以槽子船，漫山的野花，阴雨的天气，
我要以一切拥抱你，你，
我到处看见的人民呵，
在耻辱里生活的人民，佝偻的人民，
我要以带血的手和你们一一拥抱。
因为一个民族已经起来。

一个农夫，他粗糙的身躯移动在田野中，
他是一个女人的孩子，许多孩子的父亲，
多少朝代在他的身边升起又降落了
而把希望和失望压在他身上，
而他永远无言地跟在犁后旋转，
翻起同样的泥土溶解过他祖先的，
是同样的受难的形象凝固在路旁。
在大路上多少次愉快的歌声流过去了，
多少次跟来的是临到他的忧患；
在大路上人们演说，叫嚣，欢快，
然而他没有，他只放下了古代的锄头，
再一次相信名词，溶进了大众的爱，
坚定地，他看着自己溶进死亡里，
而这样的路是无限的悠长的
而他是不能够流泪的，
他没有流泪，因为一个民族已经起来。

在群山的包围里，在蔚蓝的天空下，
在春天和秋天经过他家园的时候，
在幽深的谷里隐着最含蓄的悲哀：

一个老妇期待着孩子，许多孩子期待着
饥饿，而又在饥饿里忍耐，
在路旁仍是那聚集着黑暗的茅屋，
一样的是不可知的恐惧，一样的是
大自然中那侵蚀着生活的泥土，
而他走去了从不回头诅咒。
为了他我要拥抱每一个人，
为了他我失去了拥抱的安慰，
因为他，我们是不能给以幸福的，
痛哭吧，让我们在他的身上痛哭吧，
因为一个民族已经起来。

一样的是这悠久的年代的风，
一样的是从这倾圮的屋檐下散开的
无尽的呻吟和寒冷，
它歌唱在一片枯槁的树顶上，
它吹过了荒芜的沼泽，芦苇和虫鸣，
一样的是这飞过的乌鸦的声音。
当我走过，站在路上踟蹰，
我踟蹰着为了多年耻辱的历史
仍在这广大的山河中等待，
等待着，我们无言的痛苦是太多了，
然而一个民族已经起来，
然而一个民族已经起来。

诗八首

1

你底眼睛看见这一场火灾，
你看不见我，虽然我为你点燃，
哎，那燃烧着的不过是成熟的年代，
你底，我底。我们相隔如重山！

从这自然底蜕变程序里，
我却爱了一个暂时的你。
即使我哭泣，变灰，变灰又新生，
姑娘，那只是上帝玩弄他自己。

2

水流山石间沉淀下你我，
而我们成长，在死底子宫里。

在无数的可能里一个变形的生命
永远不能完成他自己。

我和你谈话，相信你，爱你，
这时候就听见我底主暗笑，
不断地他添来另外的你我
使我们丰富而且危险。

3

你底年龄里的小小野兽，
它和青草一样地呼吸，
它带来你底颜色，芳香丰满，
它要你疯狂在温暖的黑暗里。

我越过你大理石的智慧底殿堂，
而为它埋藏的生命珍惜；
你我底手底接触是一片草场。
那里有它底固执，我底惊喜。

4

静静地，我们拥抱在
用言语所能照明的世界里，
而那未形成的黑暗是可怕的，
那可能的和不可能的使我们沉迷。

那窒息我们的
是甜蜜的未生即死的言语，
它底幽灵笼罩，使我们游离，
游进混乱的爱底自由和美丽。

5

夕阳西下，一阵微风吹拂着田野，
是多么久的原因在这里积累。
那移动了景物的移动我底心，
从最古老的开端流向你，安睡。

那形成了树木和屹立的岩石的，
将使我此时的渴望永存，
一切在它底过程中流露的美，
教我爱你的方法，教我变更。

6

相同和相同溶为疲倦，
在差别间又凝固着陌生；
是一条多么危险的窄路里，
我驱使自己在那上面旅行。

他存在，听我底使唤，
他保护，而把我留在孤独里，
他底痛苦是不断的寻求
你底秩序，求得了又必须背离。

7

风暴，远路，寂寞的夜晚，
丢失，记忆，永续的时间，
所有科学不能祛除的恐惧
让我在你底怀里得到安慰——

呵，在你底不能自主的心上，
你底随有随无的美丽形象，
那里，我看见你孤独的爱情
笔立着，和我底平行着生长！

8

再没有更近的接近，
所有的偶然在我们间定型；
只有阳光透过缤纷的枝叶
分在两片情愿的心上，相同。

等季候一到就要各自飘落，
而赐生我们的巨树永青，
它对我们的不仁的嘲弄
（和哭泣）在合一的老根里化为平静。

哀国难

一样的青天一样的太阳，
一样的白山黑水铺陈一片大麦场；
可是飞鸟飞过来也得惊呼：
呀！这哪里还是旧时的景象？
我洒着一腔热泪对鸟默然——

我们同忍受这傲红的国旗在空中飘荡！

眼看祖先们的血汗化成了轻烟，
铁鸟击碎了故去英雄们的笑脸！
眼看四千年的光辉一旦塌沉，
铁蹄更翻起了敌人的凶焰；
坟墓里的人也许要急起高呼：
"喂，我们的功绩怎么任人摧残？
你良善的子孙们哟，怎为后人做一个榜样！"
可惜黄土泥塞了他的嘴唇，
哭泣又吞咽了他们的声响。

新的血涂着新的裂纹，
广博的人群再受一次强暴的瓜分；
一样的生命一样的臂膊，
我洒着一腔热血对鸟默然。
站在那里我像站在云端上，
碧蓝的天际不留人一丝凡想，
微风顽皮地腻在耳朵旁，
告诉我——春在姣媚地披上她的晚装；
可是太阳仍是和煦的灿烂，
野草柔顺地依附在我脚边，
半个树枝也会伸出这古墙，
青翠地，飘过一点香气在空中荡漾……
远处，青苗托住了几间泥房，
影绰的人影背靠在白云边峰。
流水吸着每一秒间的呼吸，波动着，
寂静——寂静——
蓦地几声巨响，
池塘里已冲出几只水鸟，飞上高空打旋。

春

绿色的火焰在草上摇曳，
他渴求着拥抱你，花朵。
反抗着土地，花朵伸出来，
当暖风吹来烦恼，或者欢乐。
如果你是醒了，推开窗子，
看这满园的欲望多么美丽。
蓝天下，为永远的谜蛊惑着的
是我们二十岁的紧闭的肉体，
一如那泥土做成的鸟的歌，
你们被点燃，卷曲又卷曲，却无处归依。

呵，光，影，声，色，都已经赤裸，
痛苦着，等待伸入新的组合。

被围者

1

这是什么地方？时间
每一秒白热而不能等待，
堕下来成了你不要的形状。
天空的流星和水，那灿烂的
焦躁，到这里就成了今天
一片砂砾。我们终于看见
过去的都已来就范，所有的暂时
相结起来是这平庸的永远。

呵，这是什么地方？不是少年
给我们预言的，也不是老年
在我们这样容忍又容忍以后，
就能采撷的果园。在阴影下
你终于生根，在不情愿里，
终于成形。如果我们能冲出，
勇士呵，如果有形竟能无形，
别让我们拖进在这里相见！

2

看，青色的路从这里引出
而又回归。那自由广大的面积，
风的横扫，海的跳跃，旋转着
我们的神智：一切的行程
都不过落在这敌意的地方。
在这渺小的一点上：最好的
露着空虚的眼，最快乐的
死去，死去但没有一座桥梁。

一个圈，多少年的人工，
我们的绝望将使它完整。
毁坏它，朋友！让我们自己
就是它的残缺，比平庸更坏：
闪电和雨，新的气温和泥土
才会来骚扰，也许更寒冷，
因为我们已是被围的一群，

我们消失，乃有一片"无人地带"。

给战士

这样的日子，这样才叫生活，
再不必做牛，做马，坐办公室，
大家的身子都已直立，

再不必给压制者挤出一切，
累得半死，得点酬劳还要感激，
终不过给快乐的人们垫底，

还有你，几乎已经牺牲，
为了社会里大言不惭的爱情，
现在由危险渡入安全的和平，

还有你，从来得不到准许
这样充分地表现你自己，
社会只要你平庸，一直到死，

可是今天，所有的无力
都在新生，巨狮已经咆哮，
过去是奴隶，冷淡，和叹息，

这样的日子，这样才叫生活，
太阳晒着你，风吹着你，
和你面对面的不再是恐惧，

人民的世纪，大家终于起来，
为日常生活而战，为自己牺牲，
人民里有了自己的英雄，

有了自己的笑，有了志愿的死，
多么久了我们只是在梦想，
如今一切终于在我们手中，

有这么一天，不必再乞求，
为爱情生活，大家都放心，
大家的血里复旋起古代的英灵，

这是真正的力，为我们取得，
不可屈辱的力，如今得到证明，
在坦途行进，每一步都是欢欣，

别了，那寂寞而阴暗的小屋，
别了，那都市的霉烂的生活，
看看我们，这样的今天才是生！

我歌颂肉体

我歌颂肉体：因为它是岩石
在我们的不肯定中肯定的岛屿。

我歌颂那被压迫的，和被蹂躏的，
有些人的吝啬和有些人的浪费：
那和神一样高，和蛆一样低的肉体。

我们从来没有触到它，
我们畏惧它而且给它封以一种律条，
但，原是自由的和那远山的花一样，丰富如同
蕴藏的煤一样，把平凡的轮廓露在外面，
它原是一颗种子而不是我们的奴隶。

性别是我们给它的僵死的符咒，
我们幻化了它的实体而后伤害它，
我们感到了和外面的不可知的联系
和一片大陆，却又把它隔离。

那压制着它的是它的敌人：思想，
（笛卡儿说：我想，所以我存在。）
但思想不过是穿破的衣裳越穿越薄弱
越褪色越不能保护它所要保护的，
自由而活泼的，是那肉体。

我歌颂肉体：因为它是大树的根，
摇吧，缤纷的枝叶，这里是你坚固的根基。

一切的事物使我困扰，
一切事物使我们相信而又不能相信，就要得到
而又不能得到，开始抛弃而又抛弃不开，
但肉体是我们已经得到的，这里。
这里是黑暗的憩息。

是在这块岩石上，成立我们和世界的距离，
是在这块岩石上，自然寄托了它一点东西，
风雨和太阳，时间和空间，都由于它的大胆的

网罗而投在我们怀里。

但是我们害怕它，歪曲它，幽禁它，
因为我们还没有把它的生命认为是我们的生命，
还没有把它的发展纳入我们的历史
因为它的秘密远在我们所有的语言之外。

我歌颂肉体：因为光明要从黑暗站出来，
你沉默而丰富的刹那，美的真实，我的上帝。

诗

1

在你我之间是永远的追寻：
你，一个不可知，横越在我的里面
和外面，在那儿上帝统治着
呵，渺无踪迹的丛林的秘密，

爱情探索着，像解开自己的睡眠
无垠地弥漫四方但没有越过
我的边沿；不能够获得的：
欢乐是在那合一的根里。

我们互吻，就以为已经抱住了——
呵，遥远而又遥远的。从何处浮来
耳，目，口，鼻，和惊觉的刹那，

在时间的旋流上又向何处浮去。

你，安息的终点；我，一个开始，
我追寻于是展开这个世界。
但它是多么荒蛮，不断的失败
早就要把我们到处地抛弃。

2

当我们贴近，那黑色的浪潮
突然将我心灵的微光吹熄，
那多年的对立和万物的不安，
都要从我温存的手指向外死去，

那至高的忧虑，凝固了多少个体的，
多少年凝固着我的形态，
也突然解开，再不能抵住
你我的血液流向无形的大海，

脱净样样日光的安排，
我们一切的追求终于来到黑暗里，
世界正闪烁，急躁，在一个谎上，
而我们忠实沉没，与原始合一，

当春天的花和春天的鸟
还在传递我们的情话绵绵，
但你我已解体，化为群星飞扬，
向着一个不可及的谜底，逐渐沉淀。

用沉静的语言表达祖国的苦难

——穆旦新诗导读

□ 杨　子

穆旦是二十世纪四十年代"九叶派"最具有代表性的诗人之一。从其一生而言，穆旦也许是生而为诗的。早在少年时期，穆旦在中国北方便创作了大量"雪莱式"的诗作，这些诗不仅表现了穆旦浪漫的气质，并且有着强烈的现实感。四十年代的中国是一个战火纷飞的时代，许多诗人、学者纷纷走出象牙塔正视着眼前的现实，穆旦就是其中的一个。这时候的中国诗坛，新月派诗歌已经慢慢落下帷幕，后浪漫主义的诗歌，由于缺乏生气与原创性，也被人们所抛弃。在威廉·燕卜逊的影响之下，穆旦慢慢学会了如何接受那个时代的现实，如何去感受那个时代的一切。奥登、艾略特等许多外国著名诗人及其作品，渐渐地走进了穆旦的视线。受到艾略特《普鲁弗洛克的情歌》、奥登十四行诗等的影响，穆旦那个时期的作品包含着比较强烈的现代主义精神与色泽。由于处于一种水深火热的环境，再加上中国的人民饱受战争的残害，因此穆旦诗中的现代主义，也就包含了一种与他国的现代主义有所不同的深刻性与复杂性。在四十年代的中国，像穆旦一样在自己不长的创作生涯中，留下了诸多脍炙人心诗作的诗人，其实并不多。在半个多世纪的时间年轮中，穆旦在很长的时间里被人们所忽略。他的诗作曾经发出过璀璨的光芒，可是，时代与政治的偏见，却有意无意地盖住了这些光芒；他是一位真正的光明追随者，更是一位黑暗的鞭挞者，可是后来有许多人，却把他视为黑暗的同僚。虽说作为一位诗人，穆旦的一生是短暂且苦闷的，却为后世留下了为数不少的重要作品，其中比较有影响的作品有：三十年代后期创作的融叙事与抒情为一体的《从空虚到充实》与一个青年的追求之歌《玫瑰之歌》，四十年代初期创作的一首高昂的民族精神的赞歌——《赞美》，五十年代后期创作的《三门峡水利工程有感》等。穆旦身上最为可贵的品质就是追求艺术上的独立，勇于正视那个时代的现实。在中国现代诗坛上，穆旦占据着重要的一席之地。那种坚持用自己的方式表达自己对祖国的爱、对经受苦难的人民的同情的品格，在今天仍然具有一种闪光的品质。

穆旦的诗歌作品，在思想与艺术上具有以下四个鲜明特点：

一是对于现实世界独到与准确的把握与体现。穆旦生于在灾难与血泊中逐渐崛起的中国，与其他在现实与理想中摇摆不定的诗人不同的是，穆旦选择正视他那个时代眼前所发生的一切。他从一开始就走入现实，投入生活，所以才有后来在创作上的发展。在学生时代，他便徒步跨越了湖南、贵州、云南三省的广大地区，在那一路之上，他身上就带着一本英汉词典，看一页、记一页，同时也撕一页。当英汉词典撕完的时候，他也就走到了西南联大——那个时代的中国最高学府。在二十五岁的时候，他以学生的身份参加了当时的"中国远征军"，冲到了抗日战争的最前线，参加了有名的滇缅战争，在生与死的考验中，他终于活了下来。在二十世纪五十年代，穆旦在美国获得了硕士学位，却毅然拒绝了台湾和印度的邀请，选择回到了祖国的怀抱。正是这样的经历与情感，让他在进行诗歌创作的时候，可以将个体的人、社会的人与人类的人相结合，对当前的世界与社会人生进行准确与具体的把握。在穆旦的诗歌作品中，"现实"既包括政治生活，也包括日常生活；既包括人以外的外部世界，也包括人的内心世界；既包括了那个时代的社会，也包括了那个时代的个人。《被围者》中"被围者"的形象，就是影射了现实生活中由于理想与现实落差太大，梦醒了却无处可走的人群："闪电和雨，新的气温和泥土／才会来骚扰，也许更寒冷，／因为我们已是被围的一群，／我们消失，乃有一片'无人地带'。"虽然青年人的理想很美好，但每一个人所经历的现实却是很残酷的，"被围者"并没有能够躲进白色的象牙塔，相反对自己处境却十分清楚，并且只能是直面。面对现实，他们没有选择自怨自艾式："呵，这是什么地方？不是少年／给我们预言的，也不是老年／在我们这样容忍又容忍以后，／就能采撷的果园。"不仅如此，穆旦对外部世界的关注也是引人注目的，成为了他诗作的重要思想特色。在三十年代的中国，古老的土地被异族人所践踏，生活在黄土地上的中国人民，在纷飞的战火中挣扎地活着，这位年轻的诗人看到了祖国的苦难现实。写于1935年的《哀国难》中有这样的句子："一样的青天一样的太阳，／一样的白山黑水铺陈一片大麦场；／可是飞鸟飞过来也得惊呼：／呀！这哪里还是旧时的景象？／我洒着一腔热泪对鸟默然——／我们同忍受这傲红的国旗在空中飘荡！"穆旦面对祖国的现实，他表现出十分痛苦的样子，天还是同一个天，太阳也还是那个太阳，山川、河流、麦场……这些东西和以前相比没有什么分别，可是情形却早已大不相同，眼前的中国哪还是记忆里的中国？诗人痛苦地看到了中国的现实，也为这样的现实而苦闷。然而战争也让穆旦兴奋，让他沉思，所以他用自己的笔，写下老百姓的痛苦与希望："一个农夫，他粗糙的身躯移动在田野中，／他是一个女人的孩子，许多孩子的父亲，／多少朝代在他的身边升起又降落了／而把希望和失望压在他身上，／而他永远无言地跟在犁后旋转"（《赞美》）。穆旦是一位正视现实的诗人，他不光清醒地看清了外部的现实，也看到了人的内心世界；他不光看到了那个战争年代的社会，也还看到了那个战争年代中的个人；他不仅将自己的笔触深入到了政治世界，还延伸至了人民日常生活的方方面面。当其他诗人还在理想与现实中摇摆的时候，他却清醒地投入到了残酷的现实，并进行着全面的思考，从事着自己的创作，这样的选择对于那个时代的诗人来说，自然是难能可贵的。有的诗人总是生活在象牙塔中，对于现实总是不肯接受与认识，特别是当国家处于艰难之中，当民族处于危亡之中，还在那里唱着个人的歌谣，似乎与时代没有什么关系、与社会没有什么联系，这样的诗人就是在四十年代也不在少数。而穆旦则在作品中一再地表明了自己的时代责任感和使命感，不仅描绘了那个时代的面影与社会的众生相，并且以自己的思想视角进行了选择，以意象的方式呈现了那个特殊的时代与混乱的社会，相当准确而深入。

二是以含蓄暗示的"象征"来表达自己的思想。这样的诗艺追求与"九叶诗人"们所提倡的追求"表现上的客观性与间接性"是一致的。与他同道的诗人们，总是将意象与思想相融合，并把传统的主观抒情变为戏剧性的客观化处境。这种重视含蓄与暗示的"象征"手法，对于三四十年代有的诗人所提倡的用照相式的方式进行写实的潮流来说，是一种极大的超越。穆旦的诗作总是通过表象而指向深远，以象征的手法将自己的感受与情感表现出来，以造成一种客观性与间接性的效果。在 1939 年发表的《防空洞里的抒情诗》中有这样的句子："胜利了，他说，打下几架敌机？/我笑，是我。当人们回到家里，弹去青草和泥土，/从他们头上所编织的大网里，/我是独自走上了被炸毁的楼，/而发现我自己死在那儿/僵硬的，满脸上是欢笑，眼泪，和叹息。""我"既已经死亡而又还在生存，既总是欢笑着也在流眼泪，既失败了然而也胜利了。"我"是每一个人，而不是特指某一个人，"我"扮演着不同的角色，通过不同的角色体会着不同的人生。在《春》这首诗中，诗人也将象征与暗示展现得淋漓尽致。"绿色的火焰"象征"草"，而"草"则代表了蓬勃的生命力。诗人通过"摇曳"、"渴求"、"拥抱"、"反抗"等词语，用绿草象征了那个时代的反抗者的"反抗"："绿色的火焰在草上摇曳，/他渴求着拥抱你，花朵。/反抗着土地，花朵伸出来，/当暖风吹来烦恼，或者欢乐。"与"反抗"的绿草形成鲜明的对比的，是处于二十多岁的"我们"，"我们"被"永远的谜蛊惑着"，"我们"的肉体是"紧闭"的，有力地表现了青年人的生命力，然而那种勃发之气象却被时代的困境无情地阻碍着。自然的"春"与人类的"春"，在这里形成了鲜明的对比，用磅礴昂扬的自然之春，反衬出人类之春所受到的压抑。但是，"呵，光，影，声，色，都已经赤裸，/痛苦着，等待伸入新的组合。"虽然人类的春天受到了阻遏，但是仍以积极乐观的心态对待残酷的现实，象征着诗人身上那样一种昂扬乐观的心态。字里行间向读者们展现了诗人所使用的那种"象征"，将意象与思想相结合，用潜在的语言表现了出来。穆旦的作品中饱含着自己对祖国母亲深沉的爱，以及那种即使处于黑夜之中，也可以同样地乐观向前的内在精神。象征的方式让诗人对时代与社会的表达不是那么直接，而具有了相当的间接性，取得了客观化与戏剧化的效果。从表面上来看，他的抒情诗抒情性并不强，似乎缺少诗人自我的情绪与立场，其实并非如此，只是他将诗人的一切都化在一种故事的讲述里，将时代的发展与历史的变动都转化为了场景。这正是"九叶诗人"所主张的智性抒情，以及新诗的"戏剧化"追求之表现。

三是诗人身上那样一种强烈的反叛性与异质性。这主要体现在其诗人的思维方式上。在二十世纪四十年代，"九叶诗人"们一直强调，要把诗歌从抒情的进展变为戏剧的进展，因为现代人的生活方式已经越来越丰富，越来越多的新事物进入了人们的视野，采取直接抒情的方式来写诗，已经不再适用了，因此，诗人必须摒弃原来的表达形式，而采取一种戏剧化的方式。穆旦摒弃了以往那种以"圆"为核心的思想，发现并建立了一种"残缺的美"。1945 年发表的《被围者》中有这样的诗句："一个圈，多少年

的人工，/我们的绝望将使它完整。/毁坏它，朋友！让我们自己/就是它的残缺，比平庸更坏"。反叛性与异质性还体现在对立的两极之间的跳跃性，以及由此而带来的一种冷峻而奇特的美感。在《哀国难》这首诗中，诗人首先描写了战火中的中国，那是一个贫苦、灾难与黑暗的世界："眼看四千年的光辉一旦塌沉，/铁蹄更翻起了敌人的凶焰；/坟墓里的人也许要急起高呼：/'喂，我们的功绩怎么任人摧残？/你良善的子孙们哟，怎为后人做一个榜样！'可惜黄土泥塞了他的嘴唇，/哭泣又吞咽了他们的声响。"我们在这里能体会到当时中国人民生活的痛苦程度，色彩是灰暗的，笔调是低沉的。与之前黯淡的色彩相对比的，是诗人以鲜艳的色彩与欢快的笔调，结束了这首诗："可是太阳仍是和煦的灿烂，/野草柔顺地依附在我脚边，/半个树枝也会伸出这古墙，/青翠地，飘过一点香气在空中荡漾……"诗人用一种强烈的对比与两极之间的突转，造成了一种陌生化的效果，展示了一种突出的、坚强的叛逆思想。穆旦一直用自己的行动支持着自己的观点，他常常使用的那种戏剧化形式，以及对立两极间的突转和跳跃，都是具有强烈的反叛性与异质性的最好证明。所谓的异质性是相对于从前的诗歌而言，他的诗作显然是一种全新的取向；所谓反叛性，是指其诗体现出一种批判的精神与对于"不美"的追求。从美学的角度而言，穆旦的作品作为"九叶诗人"的代表之一，的确是体现了一种新的精神与气象，总是一大组、一大组的，表现的是诗人一个时期的深沉思考，而不只是一种瞬间的感觉，也不只是一种个人的体会。如果一个人没有思想，也就不会有他那样的规模巨大的作品，虽然表面上是抒情性的，而在本质上却是哲学性的，甚至是宗教性的。

四是语言的冷峻与艺术的弹性。穆旦在作品中多使用冷峻的词语，与诗人身上所表现出来的沉郁情怀相关。由于诗人的心灵承载着整个中华民族的忧患，所以他更容易看到别人忽视的东西，他会体验灵魂的苦难，并走上一条由浅入深、由个人到社会的道路。在他的诗作中，我们基本上看不到所谓的"完美"。当时的中国，正处于一种巨大的苦难之中，作为祖国的儿子，诗人似乎感受到了整个二十世纪的忧患。由于诗人总是用冷峻的语言表达了那么深重的苦难，诗中传达的也正是那个时代最真实的声音。在《防空洞里的抒情诗人》中，几乎所有的句子都没有抒情的意味，相反则使用了"瘦弱"、"残酷"、"死亡"、"恫吓"、"窒息"、"僵尸"等词语，给人一种压抑与不寒而栗的感觉。诗中有的只是黑色的色彩与痛苦的呻吟："那个僵尸在痛苦地动转，/他轻轻地起来烧着炉丹，/在古代的森林漆黑的夜里，/'毁灭，毁灭'一个声音喊，/'你那枉然的古旧的炉丹，/死在梦里！坠入你的苦难！'"穆旦与其他"九叶派"诗人一样都拒绝文言，坚持"五四"现代白话诗的传统。所以，我们经常可以看到日常的语言，在《赞美》一诗中，日常的语言随处可见："鸡鸣"、"狗吠"、"骡子车"、"槽子船"、"锄头"……之所以提倡这种日常的语言而非模糊、朦胧的语言，是因为诗人认为生活中所使用的日常语言，变化很多、新鲜又生动，只有这种弹性大的语言，才能表达出现代诗人急剧变化的思想。穆旦在作品中充分发挥了语言的弹性，利用词语的多义性以及汉语中的关联词，展示了句子之间的跳跃。在1942年发表的《诗八首》中，诗人便充分利用了汉语的弹性，展现了句子的跳跃："你底眼睛看见这一场火灾，/你看不见我，虽然我为你点燃，/哎，那燃烧着的不过是成熟的年代，/你底，我底。我们相隔如重山！"诗人用"相隔如重山"，将一个人对自己所爱之人的爱恋之情，表现得十分到位，也将暗恋的苦涩展示了出来。他在诗中不使用陈词滥调，对白话进行特别的提炼，避免了白话的繁复，而保持了其淳朴的特点。《诗八首》中使用的词语都是日常用语，没有用书面词语进行直接的描写，却将一段爱情的始末展现得淋漓尽致。这八首诗，分别表现了恋爱的不同阶段：第一首以"相隔如重山"展现了暗恋的苦楚；第二首以"我和你谈话，相信你，爱你"表现了爱的萌芽；第三首用"你我底手底接触是一片草场"暗示了爱的狂欢；第四首用"静静地，我们拥抱在 / 用言语所能照明的世界里"表现了爱情的平和；第五首以"那移动了景物的移动我底心 / 从最古老的开端流向你，安睡"显示了两人的相守；第六首用"相同和相同溶为疲倦，/ 在差别间又凝固着陌生"展示了两人的矛盾；第七首以"那里，我看见你孤独的爱情 / 笔立着，和我底平行着生长！"表明了原本恋爱的两个人已经分离了；最后一首用"（和哭泣）在合一的老根里化为平静"显现出两个人在分手之后内心的平静。由此可见，穆旦一直用自己的行动支持着自己的观点，之所以会使用那些冷峻的词语，是因为他看到了上个世纪四十年代中国的苦痛，他用充满弹性的词语，展现了一种急剧变化的思想与情感，而这种思想与情感也是复杂的、曲折的，而不是透明的、简要的。语言总是跟着思想走的，有什么样思想就会有什么样的语言，白话与文言的统一虽然可以做到，然而也不是那么容易。一个知识分子生活在那个时代，他所思考的问题是时代性的与社会性的，并且总是与一般的人存在很大的区别，那么他也只能选择适合自己的语言。

　　穆旦是一位具有现代思想与现代精神的诗人，并且是与那个时代同呼吸、共患难的诗人，在西方现代主义文学思潮的影响之下，他的诗的思想与形式与其他"九叶诗人"相比，也还有所不同。他的诗更具有规模、更具有思想，体现了一位诗人在那个时代的冷静思索、深沉思考与深入探索，从思想、情感到艺术、形式方面的探索。他的这种探索与他的译诗实践不可分离，与他的知识分子身份不可分离，与他生存时代的苦难经历不可分离。他的诗不仅没有离开他所生活的时代，而且是那个时代的内在反响与智慧结晶。《诗八首》是他的代表作，体现了他诗作的思想与艺术水平。后人的解读多种多样，虽然还没有人可以说穷尽了它的思想，然而也大体上可以把握其基本精神与艺术风韵。如这样的作品，在他的诗集中还有许多，所以其杰出现代诗人的地位，也不是我们的想当然就可以确定的，也不是我们的个人爱好可以决定的。穆旦的诗，不仅能让我们感受到现实的世界，也能展现出诗人体内流淌的热血与跳荡的心灵。他的诗能让我们在不脱离现实的情况下，感受着二十世纪中国人民的困苦。诗人从来没有站在形而上的角度看世界，其视线一直停留在自己深爱的祖国，他把自己的灵魂、肉体、思想……都献给了自己热爱的祖国。穆旦的魅力还在于将现代精神与中国的现实相结合，写作并不是为了展示诗中繁复的句式与精美的技巧，而是用现代形式展现了中国厚重的历史。Z

清辞丽句亦高歌：论严阵的诗歌创作

严阵的创作姿态总体上是稳健的、平和的，其诗饱含对生活的激情而不失于躁厉，始终有一种别样的美感：十七年间，甚似骄阳下的一隅温泉；进入新时代，则手持大纛，在繁花锦阵里导人以正路。

——郭伟

清辞丽句亦高歌：
论严阵的诗歌创作

□ 郭　伟

作为臧克家向毛主席推荐的"五大开国青年诗人"之一，严阵自有其卓越的诗才。他的诗曾风靡一时，"江南春／浓似酒"（《江南春歌》）、"五月江南碧苍苍，蚕老枇杷黄"（《耕田曲》）、"肩上一片月，两袖稻花香"（《丰收序曲》）、"千山雪，一夜化尽，／一江水，也绿了几分"（《梅信》）等诗句，至今读来，仍是有声有色、情景交融，不知唤起了人们对江南风物的多少想象！作为一位文学创作上的多面手，严阵不仅是十七年诗歌史上的风云人物，而且也是一位卓有成就的小说作家与散文作家。他的《岩音小筑》、《南国的玫瑰》、《乱世美人》、《荒漠奇踪》等中长篇小说，《牡丹园记》、《清荷》等散文集，总是具有浓郁的抒情气息，堪称其卓越诗才的另类表现。

1

"一代有一代之诗人"，严阵和他的诗是不断变化的时代之表征。《人民文学》1954年第1期发表其处女作《老张的手》开始，他便一直在为时代而歌唱。"凡是能开的花，全在开放，凡是能唱的鸟，全在歌唱"（《凡是能开的花，全在开放》）。作为深受延座座谈讲话精神洗礼的第一代诗人，他坚信"使命感和责任感是诗人的灵魂"，坚持诗歌创作"为工农兵服务"的方向，坚持弘扬时代的主旋律，表现人民大众的生活。他六十余年的创作历程，无一不是对其火热诗心的形象诠释。

首先，严阵的诗歌作品富有强烈的时代意识，惯于在古典风景、革命历史与现实场景的交织叙事中凸显当代社会。《老张的手》通过对一双手的描写，写出了千百万农民半生的经历：一双布满疤痕裂口的手，讨了17年饭，扛了22年长工；一双勇敢的手，紧握党给的枪，领导农民与自然灾害做斗争；一双勤劳的手，在一个新的时代里修淮河，夺高产……整首诗以"手"为媒，选取具有典型意义的生活细节，以小见大，以点带面，概括了一代人生活的变迁历史，讴歌了崭新的时代主题。《葡萄园》通过"昔日荒沙"变成"葡萄园"的欢乐场面，表现了新生政权相对于旧政权的优越性。在《江南》中，先是以"柳堤"、"晓月"、"小楼"、"东风"等自然意象，勾勒古典江南的美丽图画，然后以"历史烟尘"、"天涯旧梦"等人文意象进行解构，暗示出"现代的江南"才是"社会主义的光辉明镜"。所谓"无边无际的绝妙新红"、"新凤犹有老凤声"，表达的正是一种新的生活与新的气象。在古今生活的转换上虽然有失生硬，然而意象鲜明，诗情昂扬，相比当时那些空洞的政治抒情诗，实属难得。《蛙声》中有这样的诗句："月色。蛙声。江潮／立刻把他带回了十年以前"，触景生情，借助回忆，融过去、现实于一体，更为圆熟自然。在《琴泉》、《英雄碑颂》、《卷葹》等诗中，以皖南战役等系列革命历史事件为表现对象，抚今追昔，立意却在当下。在《杨柳渡夜歌》、《四月的夜》、《田间》、《丰收序曲》等诗中，诗人叙述新中国成立之后的各种历史事件，如人民公社、增产增收等，则纯以较近的史实为书写对象，勾勒时代画卷，表现出了"以诗补史"的特点与优势。在抒情长诗集《谁能与我同醉》中，老诗人还引入了"摩托罗拉6288"、"塑身霜"、"女性护理液"、"商务套餐"、"眼部美容旋风"、"奥迪车"、"三环四环五环六环"、"鼠标"等许多富有时代感的语汇，却没有简单地肯定或否定改革开放，而是在委婉批评追逐时髦、过于"自我"等社会习气的同时，诗意盎然地抒发面向未来的青春情怀。在长诗《绽放的中国》中，诗人生动地渲染了这种类似"二月"、"花季"的精神状态。诗人要求"我们把忧伤遗忘在／远山的雪里"，"我们已成为千树万树／含苞待放的／状态／睁开眼睛吧／到处都是十八岁的／早晨／在梦的出口前面／是属于我们的／缤纷"，呼吁要打造"今日的／敦煌／今日的／长城"。诗人对不同时代主题的高度认同，使得其诗虽色彩斑斓，而始终不失其光明气象。

其次，严阵诗歌对"当代"的摹写，注重从构成时代深厚底色的自然和生活中捕捉诗意，表现理想的一面。同样是表达对时代、政治的认同，严阵比贺敬之、郭小川等含蓄、委婉一些，少有主观情绪的直泻，多通过色彩鲜明的自然意象、形象化的生活情景，潜移默化地实现"为时代歌唱"的目的。"杜鹃花开三月天／江南万山红遍，／处处锣鼓，处处歌声，／迎来大跃进的局面"（《杜鹃花开三月天》），以"杜鹃花开"、"万山红遍"来形容全国上下一片欢欣鼓舞的局面。严阵的抒情诗即景生情、缘事而发，注重反映生活，在对主流政治理念的有限疏离中，实现了一种少有的诗美创造。对其诗歌颂"大跃进"、避而不谈"三年自然灾害"，部分学者曾有非议，称之为"政治意识戕害文学艺术的证明"。以今视昔，"大跃进"确为不顾经济规律的瞎干、蛮干，但《杜鹃花开三月天》的诗情和诗境却是真实、美好的，并非违心之作。严阵创作于"三年困难时期"的诗集《江南曲》（1961）、《长江在我窗前流过》（1963），不描写"民不聊生"的苦难生活而致力于为江南农村勾勒美丽而轻盈的剪影，自然也是可以理解的。诗人可以因"写实"而批判现实，也可以为现实树一面理想的镜子，借以引起希望和"疗救的注意"。"十里桃花，／十里杨柳，／十里红旗风里抖，／江南春，／浓似酒"（《江南春歌》），"南方的夜，／像蔚蓝色的纱绸，／水莲花的清香，／醉了杭州"（《南方的夜》），这类诗作，对鼓励群众克服困难、乐观面对生活，是有意义的。浪漫唯美的色彩、田园牧歌式的情调，并不会随着时代的变迁，而丧失其魅力。而"长江在我窗前流过，／一片浩渺的烟波，／这热情澎湃的河流，／横贯了我的祖国"，这些日夜都激动诗人的情境、意象至今仍能"激动"今天的读者。沈从文营造田园牧歌式的"边城"世界、京派文人沉浸于艺术的象牙塔，可谓异曲同工。在思想解放、创作相对自由的改革开放时期，严阵仍一如既往地坚持理想主义写作，《和谐之歌》、《中国梦》等政治抒情长诗，明显不如他五六十年代的《江南曲》等诗作，原因并不在以"颂"为主的格调，而是艺术性有所削弱，政治色彩日趋浓厚，标语口号、直白呼号过多："和谐　和谐／和睦才有安泰／和谐　和谐／和气才能生财"，"友谊不再是灾祸／爱情不再是折磨／和谐为我们迎来了／灵魂的解脱"（《和谐之歌》），"我们今天的长城／就是中国模式的／胜利"（《中国梦》），即使有这样那样的瑕疵，这些长诗铿锵的音节、磅礴的气势、饱满的诗情，仍能点燃人们心中熊熊的火焰。

其三，把"小我"形象融入时代的"大我"，在时代生活的认同中实现主体情感的升华。六十年代，《淮河边上的姑娘》、《春啊，春啊，播种的时候》、《江南曲》、《琴泉》、《竹矛》、《樱花集》、《花海》、《卷葹》等诗集，既没有把一己之利害得失、喜怒哀乐作为诗歌描写的对象，也没有沉溺于狭窄的日常私人生活。他刻画的是船夫、生产队长、采莲女、采菱女、打麦者、割稻者以及革命战士等"人民"的群体形象，描写的是樱花、桃花、莲花、杏花、垂柳、长江、太阳、山坞……等无穷无尽的地理意象，展示的是近现代革命历史画卷，以及公社集体劳动、大跃进、改革开放、对外文化交流等国内外社会生活百态，少有纯粹的"小我"情调。如《桃花汛》："江东：一轮红日，/江南：杨柳依依，/长江儿女，迎着阳光，/千里江岸竖大旗"。朝气蓬勃、斗志昂扬的"长江儿女"，不仅是"人民"的象征，也间接表现了对美好生活的向往。诗歌是主体个性的产物，是一种内在的表达。诗人或抒写个我对纷繁世界的神秘、隐秘、独特的体验和感受，或由内向外，从表达具体、形象的个体感受出发，描写经过主观过滤的日常生活。诗歌创作也可以由外向内，以内制外，以天下为公的精神与"观古今于须臾，抚四海于一瞬"的大胆想象去描写宇宙自然、观察社会民生、创造神奇的理想世界。这种视"时代之心"为"吾心"的大我情怀表面上似乎淡化、消融了诗人的主体个性，实际上并没有剥夺其作为独立的生活观察者、潜在的抒情主体的角色。这与"代言式"、"群言式"的政治抒情诗有显著的不同。自改革开放之后，在个性空前解放、关注日常私人生活的诗作开始抬头的背景下，严阵仍能从内在的主体情感出发，坚持讴歌大自然、大时代、大生活，正是其个我情感的升华。真正的好诗不能止步于"外"在的社会情感书写，还要借助诗人"内"在丰富的情感、心理体验，转化为对审美"境界"的创造。在这方面，严阵是有追求的，诗人的情感在不同诗行中也有所变化，如"波头蓼花红，/江南稻子黄，/稻穗一天一个样，/忙坏了工具厂。//公社党委书记，/一夜来三趟，/肩上一片月，/两袖稻花香"（《丰收序曲》），在歌咏风景、赞美劳动的过程中，诗人表达了对生活和未来的信心。八十年代的《桃花溪》则较为凝重："不断地向前流啊，坚定不移，不管世间谈清说浊，只管以胭脂一样的彩波，灌溉不断更新的生活"，蕴含了诗人对时代风云的深思和对民族命运的关怀。随着思想界的日趋解放，严阵对国内外各种现象的认识也逐渐深刻起来，《在百老汇大街上我看到一个演奏风笛的老人》描写纽约流浪者的凄凉和孤独，《中国梦》对"庸俗"、"冷漠"、"忘却"、"麻木"、"浮躁"、"盲目"、"自误"、"自腐"等不良现象进行抨击。"中华民族到了 / 最危险的时候 / 因为最成功的时候 / 就是最危险的时候"等诗句，则表现

了"居安思危"的忧患意识。在举国陶然的环境下，诗人仍能保持清醒的头脑，足见其卓立的个性。有些诗还超越了时代，体现了某种深邃、永恒的哲思，如《谁打碎了月亮》："是谁打碎了／月亮／／留下／满地／碎片／我将用它拼成／透光的／瓷瓶／／盛满／世间／迷人的忘却。"从"月亮"到"碎片"、"瓷瓶"，诗人的视觉瞬间化为触觉，构思新颖，想象奇特，与李贺的诗句"羲和敲日玻璃声"、梁章钜的联语"诗敲梅下月"有异曲同工之妙。月夜与世间、碎片与瓷瓶、"盛满"与"忘却"，相反相成的空间孕育着存在的哲思。在长诗《天空》中，"当我变得黯淡的时候／你的夜晚／便让我／发光／当我光芒四射的时候／你又会掩盖着／我的／辉煌"等诗句表现了无限的"天空"与有限的"我"之间的相互映衬与交融；"你在海天相接处等我／等我驶过／等驶过有薰衣草香味的／梦的／小船"，天人之际的圆融境界则形象地呈现为"梦"与"小船"神秘、美好的自由穿梭。这是何等的诗思！这种"宇宙便是吾心，吾心便是宇宙"的天地情怀，岂不正是"小我"融入"大我"的另一种表现。

"修辞立其诚"，从歌唱大时代到书写大自然，在主流意识形态的制约之下，诗人"戴着枷锁跳舞"，创作了独特的"大我"之诗。这些诗歌，有情感、心理的涟漪，偶尔也会产生幽微、深邃的旋涡，时代的浩浩向前始终是主流，乐观、浪漫和理想主义的心理色彩营造了诗的整体氛围。

2

严阵坚持拥抱生活，为时代而歌唱，并没有忽视创造自己的艺术风格。论其大端，其诗仍是"诗人之诗"，而非"政治家之诗"。正如他所说："我所追求的风格：风声、鹤唳、竹露、兰芽"，其诗风格多样，既有热烈、高亢的阳刚之气、动态之美，也有含蓄、深幽的婉约之美。前者以《竹矛》集中的《淮河评论》、《冬之歌》、《春天正在敲中国的门窗》、《大旗歌》、《中国矿工颂》等"颂歌"为代表，激情澎湃地讴歌了各行各业如火如荼的建设场景，后者则以《鸽子和郁金香》、《谁能与我同醉》等诗集为代表，借助"雨"、"梦"、"月光"、"星光"、"玻璃"等意象，表现了诗人"绚烂至极，归于平淡"的冷静和睿智，个性化色彩比较浓厚，好似"默默散发着／微微的／清芬的／雨"，有一种"温馨的／湿润的／晶莹"（《波斯顿的雨》）之感，又如同"并不是孤独的"诗人"轻轻地／轻轻地／走过你那／梦的旋涡"（《纽约的黄昏》），散发出回味无穷、咀嚼不尽的余韵。不过，严阵诗风对后世影响最大的主要体现为刚柔兼济、动静合一的温煦诗风，以描写农村生活的《江南曲》、回味故乡风物的《乡情集》、描画四季风景的《花海》等诗集为代表。明朗绚丽的色彩和清新自然的气息，勃勃生机和感发之力，并非是诗人"大跃进"式夸张抒情，恰如"于无声处听惊雷"，是从生活绵延、万物生长的过程中自然而然地显现出来的。以《梅信》为例，正因为诗人先点染了"梅花开了"、"千山雪，一夜化尽"、"塘满、渠成、麦绿"这样的春天景象，结尾昂扬的调子"千枝怒发的梅呵／万颗社员的心"才不觉突兀。诗人善于从情景交融之"写境"入手，不断进行"景生情"、"情生文"而文复生情的创作蓄势，最终形成"大自然"与"新生活"相得益彰的理想"造境"。

自上个世纪五十年代中期到六十年代中期，随着阶级斗争和政治运动形势的日益高涨，其诗逐渐开始了从明朗绚丽之温煦风景向热烈高亢之激情表达变调的过程。在改革开放新时期，随着思想界的逐渐解冻，诗人在保持"颂歌"传统的同时，又走上了含蓄婉约的个性化抒情之路。其诗风之变，恰似同一乐章之不同变奏，长歌短吟，皆成妙音，又如构成主题画展的不同单元，参差错落，色彩缤纷。风格的变迁也带动了诗歌内部情景关系的变化。在《江南曲》等早期诗篇中，景中含情，以景带情，"竹露、兰芽"式的田园生活描写赋予了诗作清新自然的风格；而《竹矛》集中的"颂歌"则以深情告白式的直接抒情为主，大量的"景致"符号取代了对生活和自然的具体、生动的描写，成为诗人情感的附庸，由此而营造出"风声、鹤唳"的激荡诗风。在近些年的《谁能与我同醉》等抒情诗集中，严阵的意象运用较为纯熟，情景融合度较高，形成了极富暗示性、深闳婉约的诗境。严阵诗歌风格的形成与其丰富的艺术表现手法密切相关。所谓"艺术"，须在感官和精神上，给艺术欣赏者以美感和快感，故诗人除诗情、诗意、诗思之外，亦当于语言运用、意象创造和形式结构上开掘各种"美"的要素，以沟通主、客，实现诗歌"意境"或"境界"的创造。"语言"乃是其中的关键。严阵诗虽然也有"头一次来就问／割稻机制得怎么样／二回头又来催／打稻机也要快赶上"（《丰收序曲》）这样了无诗意、平铺直叙的顺口溜，不过，若进行整体观照，其诗歌语言基本上还是古典诗学所谓的"诗家语"，超越了科学语言、生活语言和一般的文学语言，具有较为强烈的艺术表现力，而其在诗的形式结构和诗体探索上，也体现了对现代诗美传统的继承与创新。这主要表现在以下三个方面：

首先，严阵诗歌具有强烈的节奏感，宜于吟唱和朗诵。诗乐同源，在"歌咏"传统的影响下，中国古典诗歌几乎均可谱曲、入乐歌唱。《诗经》的"风"、"雅""颂"，从民间小调到朝堂、祭典的黄钟大吕，皆是音乐的产物。《楚辞》"兮"字带袅袅之韵，永明新诗分平仄四声。唐诗繁荣、律绝盛行的内部主要原因在于：汉字内蕴的音乐性在近体诗中进一步得以凸现。严阵的诗歌具有短促生动的节奏、欢快流畅的乐感。如"坡上挂翠，田里流油，／喜报贴在大路口，／山歌儿，／悠悠，悠悠"（《江南春歌》），"尘满脸，汗满脸，心头甜，／歌曲儿悄悄流到了唇边：公社喜开丰收镰，／一曲唱遍了江南"（《开镰曲》），"满树青桃红了嘴，／熟透了的杏子落成堆，／谁去理会，／打麦忙得火烧眉"（《打麦歌》），"挂起锄，放下镰，／小巷里细语呢喃"（《夜读》）等诗句，以贴近生活的口语入诗，吐字如珠，爽快利落。又如，"菱盆儿分开，菱盆儿靠拢，／采菱的歌曲儿忽西忽东"（《采菱歌》），在描摹"菱盆"、捕捉"歌曲"的过程中营造出类似音乐的流动感，修辞上讲求一唱三叹、回环往复。在借鉴民歌音乐特点的同时，诗人还注意把传统格律的形式秩序与自由活泼的民歌穿插交织，形成一种灵活多变的诗歌韵律，或铿锵整齐，或欢快活泼。如"波头蓼花红，／江南稻子黄，／稻穗一天一个样，／忙坏了工具厂。／／公社党委书记，／一夜来三趟，／肩上一片月，／两袖稻花香"（《丰收序曲》）。这些语言修辞技巧共同造就了严阵诗歌，尤其是富有田园牧歌情调的乡土诗易于吟唱的特点。此外，严阵的抒情长诗宜于诵读，与他对诗歌气势的营造也有密切关系。"气盛，则言之短长与声之高下皆宜"，严阵所抒之情，多为时代的主旋律情感，蕴含着全民族的共同心声，这就是诗歌之气，诗歌之"势"。"激水之疾，至于漂石者，势也。"或许这正是《中国梦》、《和谐之歌》等长诗艺术略逊而仍能在朗诵中唤起共鸣的根本原因。

其次，严阵的诗歌往往通过勾勒富有鲜明色彩感的生活、风景画面，借以表达理想的世界观念。众所周知，严阵不仅是一位诗人，还是一位蜚声中外的画家。作为画家，他认为绘画是一种精神的表达，是一种激情，一种发现，一种感悟，一种超越，于其诗，亦可作如是观。严阵左手作画，右手作诗，其实都在用色彩和画面来表达他对自然和时代的激情和感悟。其诗、画多把大量的地理意象作为描写、寄情的对象，这不仅源于画家诗人对大自然的兴趣偏好，而且还寄托了理想与美的生活观念。如严阵诗中的樱花、桃花、莲花、杏花、垂柳、长江、月夜、太阳等意象，《墨梅》、《闲梦江南梅熟日》、《出水芙蓉》等水墨画，都寄托了严阵对生活的热爱、对未来的信心。在 1960 年代初，严阵创作《江南曲》，勾勒美丽而轻盈的江南画面，既是对文艺政治化倾向和生活苦难的疏离，也是他内心阳光的体现。他诗中的画面是包罗万象、不拘一格的，既有雄奇、旖旎的自然地理风光，如"风云变幻的太空啊，电光雷火，日新月异，潮水啸腾的大海啊，碧蓝红涛，前仆后继"（《迎客松》），"看，苏堤，白堤，左右都是桃花含蕾，杨柳静垂，／晶莹的雨珠，已为树木把每片嫩叶配备"（《又见西湖》），又有欢快忙碌的劳动场景，如"姑娘们背着喷雾器，小伙们挑着水担，红衣紫裙青布衫，浮动在麦浪中间"（《麦秀歌》），既描摹国内的四季变迁，"深秋的夜晚啊，村子的空气里，到处弥漫着谷物的甜香，／村头旅店里的风灯，正在一棵高大的枫树枝上摇晃，／满树初红的枫叶，灯光下化作一团朦胧的色彩，／正像一个挥洒自如的画家，在信手表达秋天的印象"（《卷葹·第一交响曲》），又善于点染域外空间的色彩变幻："一望无际的／彗星雨／一望无际的／光云／是王子／在／挥霍／是乞丐／的／美梦／对富人和穷人／都同样灿烂的／芝加哥之夜／很像／一千零一夜里的／一个／故事"（《在西尔斯大厦的顶层观看芝加哥之夜》）。其诗中之画的色调是明朗的、温暖的，蕴含着正能量，如"登上塔的最高层，把江南山水，一眼望尽，／天堂恰在我的脚下，看大气浮动，烟云雄浑，／谁是弄粉调朱之手？蓝紫一抹，万里清峻，／泼红洒绿，染青润黄，好一副独运的匠心"（《登六和塔》），"水面上流着翡翠"、"每天把红日托上"、"金色的穗子"、"绿柳垂荫的大堤"（《长江在我窗前流过》）。写"月夜"，也是静谧的、温柔的，如"白窗纸上月光洒满"，"月色。蛙声。江潮"，"他在月色中微笑"（《蛙声》），"月下的柳林似翠锦，／山峰像睡去的青云"（《夜曲》）。诗人把国内外各个阶层的生活场面融入万紫千红的风景描写，赋予"生活"以浓烈的、理想的、诗意的色泽。这是其诗歌魅力的关键所在。

再次，严阵诗歌在诗体探索、语言修辞与运用上都体现了独特的创造性。其诗句法多样，或长或短，或齐或散，行云流水，一任其自然。或用长句"让我在你那云梯般的道路上探求终生吧，／让我在你那花朵中间去开拓你那芬芳的矿藏"（《莲花峰》），表达悠远的希望；或用流畅的短句"十里桃花／十里杨柳／十里红旗风里抖"（《江南春歌》），以表达欢快的情绪；或用短促有力的诗句："我们／需要一个／新的／中国梦"（《中国梦》），以表达坚定的意志等等。在诗体形式上，严阵进行了广泛的探索实验。其早期诗集《江南曲》融古典格律诗的谨严与现代民歌的自由活泼为一体，而其自由体诗中经常有楼梯诗的影子，如"只有华沙秋雨／留在／我的／肩头／留在我肩头的那种／轻轻的／细细的／深深藏在眼底的／无声的／温柔"（《华沙留别》）。在自由体诗创作中，民歌口语、俗语的运用虽然不像五六十年代那么普遍，但仍然灵活交织在雅致的诗行中，造成一种"雅俗共赏"的审美效果。例如，抒情长诗《中国梦》，有时充满丰富的想象力："我们还特别需要／能打开所有漫长的时间／和所有浩瀚空间的／那把／钥匙"，有时引入民间小调的节奏和俗语表达："修了眉／染了发／整了容"。在写作手法上，或即景叙事以言情，如《夜曲》、《蛙声》、《月下的练江》等乡村生活剪影；或直抒胸臆，甚至熔抒情、议论于一炉，如《英雄碑颂》、《和谐之歌》、《中国梦》等；或打破诗与小说的界限，以叙事为主，创作长篇诗体小说，如《山盟》、《卷葹》；或通篇咏物以寓情言志，如诗集《花海》。

严阵诗最有特色的是他对古典诗词语言、句式和意象、意境的借用与化用。以《江南》为例。"几树杏花，数抹远山"，开篇便唤醒古典诗词风景的记忆，如秦观的词《满庭芳·山抹微云》和七绝《泗州东城晚望》中的"林梢一抹青如画"之句。秦观曾因"抹"字表现了风景之神韵，故被苏轼戏称为"山抹微云"君。"一丝柳，一寸柔情"、"隔叶黄鹂空好音"、"千里莺啼绿映红"均分别借用了吴文英《风入松·听风听雨过清明》、杜甫七律《蜀相》和杜牧七绝《江南春》的成句。"新凤犹有老凤声"则是对李商隐诗句"雏凤清于老凤声"的化用。"柳堤，晓月，小楼，东风"以含而不露的"留白"暗示了柳永和李煜的词作意境。而另一首诗《登六和塔》则直接借用词体语言组合：“更佳处：南湖烟雨，含青滴翠，苏杭柳浪，吐秀生春，/茫茫东海，细波微浪，于无声处转乾坤，/还有那，天目竹雾，郁郁泛绿，会稽流水，默默情深，/西子湖边，若耶溪畔，又出多少意中人！”两首诗的语言、句法、意象固然于古典诗词传统多有借鉴，然而，诗人的思想却是全新的，基本上摆脱了孤芳自赏的文人情调，代之以“极天地之大观”的，拥抱大时代的昂扬精神和大我胸襟。在《江南》后半部分，诗人明确点出“才子佳人”已成“天涯旧梦”，作为“社会主义的光辉明镜”的现代江南则孕育着“无边无际的绝妙新红”，活跃着“新一代的蜜蜂”。两诗都试图运用旧语言熔铸新思想，然《江南》有失直露，《登六和塔》则较为自然圆融。而严阵最近创作的抒情长诗《含苞的太阳》、抒情诗集《谁能与我同醉》，则较好地实现了古典文学意象寄托传统、现代诗歌意象经营方式与注重色彩感觉的画家素养三者间的有机融合，早期借鉴的痕迹已逐渐消失了。对严阵本人而言，“豪华落尽见真淳”，其诗艺追求终于实现了从“必然王国”到“自由王国”的过渡。

3

严阵多种多样的文学作品，被翻译为多国文字，在世界上其他国家也具有一定的影响。2008-2012年，十卷本《严阵文集》与多达150万字的《严阵文学概论》，由大众文艺出版社相继出版，是对其文学成就的充分肯定。严阵能够在流行一时的“政治抒情诗”风气中寻找到一条既适合自己“弄粉调朱”以写造化的审美趣味，又能尽量贴近时代主旋律、能广泛反映具有时代感之生活风景的诗歌创作道路，是难能可贵的。严阵的创作姿态总体上是稳健的、平和的，其诗饱含对生活的激情而不失于躁厉，始终有一种别样的美感：十七年间，甚似骄阳下的一隅温泉；进入新时代，则手持大纛，在繁花锦阵里导人以正路。他的诗，也在随时代的变迁而自我创新，不过变得很慢，惟一不变的是诗人对生活和自然的热爱、对未来的信心，以及日趋化境的丹青妙笔。其诗始终像“胭脂一样的彩波，灌溉不断更新的生活”。这种“弄粉调朱”的理想之诗、大我之诗，正是当前时代所急切呼唤的大诗，适应了当代新诗生态发展的需要。特别是他六十多年坚持诗歌写作，在思想与艺术上不断地有所发展、有所开拓，在当代中国诗人中是少有的。其诗歌创作的历史之长、热情之高、诗艺之丰、语言之精要、风格之独特，也许只有李瑛、余光中这样的诗人可与之相比，当然，这两者在历史上所产生的影响，比他要大一些。

严阵对诗的形式结构的探索、对融合旧诗和新诗传统的探索、对诗歌音乐性和画面感的追求，都是新诗发展所应注重和学习的。只是严阵缺乏有意识的、系统的诗论建构和针对性的诗体实践，故而这些方面的尝试并未引起更多注意。除此之外，诗人在创作中还存在其他不足，留下了许多遗憾。如受时代主流意识形态的制约，有些诗为歌颂而歌颂，语言浅白直露，不够含蓄，理念化倾向严重，如《欢呼吧！我的太阳》、《天安门颂》、《啊，六十年代》、《遥望非洲》等。在借鉴古典诗词语言、意象时，有生吞活剥、机械套用的现象，如《江南》。其前期诗歌对生活的写照过于理想化，过于追求唯美的效果，而缺乏深刻的、批判性的理性思考。总而言之，严阵虽然有这样那样的瑕疵，可他始终是当代文学史上一个不可逾越的存在，其不趋流俗的写作姿态、不知疲倦的创作热情、由写境到造境的诗人本色，将永远留在我们的记忆中。Ⓩ

诗学观点

□杨子/辑

●李少君认为中国古典诗歌之所以魅力无限，是因为中华文化的诸多理念、智慧、气度、神韵都蕴含在诗歌里。在中国古代，文史哲不分家，古典诗歌强调情理结合，情景交融，寓情于景，诗歌里既显现着具体的情境和场景，也包含着人生经验和哲学思考，提供了美学形象和意义世界。很多形象化哲理性的诗歌，具有启迪意义，乃至成为我们生活的指导，比如"天生我才必有用"、"人生自古谁无死，留取丹心照汗青"、"山重水复疑无路，柳暗花明又一村"等等，这样的诗歌，其实就包含了一种人生观、世界观，内化成为民族心灵深层的价值伦理、人生哲学和观念原则。

（《寓教于乐的当代"诗教"》，《文艺报》，2017年2月10日）

●吕进认为大众化和小众化的诗都各有其美学价值，不必也不可能取消它们中的任何一个。但是，艺术总有媒介化倾向，公开发表的诗终究以广泛传播为旨归。大众传播有两个向度：空间与时间。不仅"传之四海"的空间普及指向大众化，"流芳千古"的时间普及也是大众化的表现。李贺、李商隐生前少知音，但他们的诗歌历一千余年持续流传，成为文化传统的一部分。诗歌的这种隔世效应也是一种常见的大众化现象。唐诗宋词是中国古典诗歌的高峰，也是大众化程度最高的诗歌时代。白居易和柳永，在大众化方面是很值得后世研究的代表。

（《现代诗学的辩证反思》，《江汉论坛》，2017年第1期）

●尹才干认为思想上"苍白"（虚无）和形式上晦涩的"迷宫诗"，其产生的根本原因就在于，当代中国诗歌界的混乱无序，诗人们对中国传统文化（诗歌）的不自信，过分崇洋媚外。诗人们在叩问自身几千年伟大诗歌传统上不下功夫，在透视民族伟大复兴的社会实践中不用功力，在幻想民族辉煌美好的未来上不愿深入，而是一味地将目光投到离自身遥远的西方文化（诗歌）资源上，生搬硬套西方诗歌理念，削足适履。要想从根本上解决诗歌的这种没落危机，必须得确立符合中国国情、科学先进的文化意识形态，树立民族的"文化自信"。

（《中国新诗必须走出语言迷宫》，《尹才干诗话》，2016年12月出版）

●郑敏认为哲学告诉我们世界到底是什么样子的，我们应该以怎样的视角去认知世界，而诗歌则是艺术化的哲学。也就是说真正的哲学家和诗人是一体的，与世界同体共生。有些诗人的诗歌散发着他的哲思，而哲学家的思想就是他最大的诗歌。就我个人来讲，哲学让我知道用脑子严密思考，探寻世界存在的方式及其真相，而诗是心灵的诉求，心动才有诗歌，被矛盾推动才是诗的动力。哲学思想在诗歌中不能脱离美学而存在，它生动、形象，是来去不定的微光，闪烁在美学所构建的文字里，而哲学在诗歌中只能是不存在的存在，要靠每个人的灵性去参悟。

（郑敏：在哲学与诗歌之间歌唱》，中国诗歌网，2017 年 2 月 13 日）

●罗振亚认为影响新世纪诗歌形象重构的核心是写作本身问题严重。有些诗人或者在艺术上走纯粹的语言、技术的形式路线，大搞能指滑动、零度写作、文本平面化的激进实验，把诗坛变成了各式各样的竞技实验场，使许多诗歌迷踪为一种丧失中心、不关乎生命的文本游戏与后现代拼贴，绝少和现实人生发生联系，使写作真正成了"纸上文本"。像一度折腾得很凶的"废话"写作，像"口语加上回车键"的梨花体写作等等，不过是口水的泛滥和浅表的文字狂欢这种形式漂移，使诗人的写作过程缺少理性控制，生产出来的充其量是一种情思的随意漫游和缺少智性的自娱自乐，更别提什么深刻度与穿透力了。

（《非诗伪诗垃圾诗，别再折腾了》，《光明日报》，2017 年 2 月 13 日）

●霍俊明认为就汉语新诗而言"诗"与"歌"的分化、分家或"分手"已经很久了，而西方的摇滚乐与先锋文化和社会运动却密不可分——包括街头意识形态、青年亚文化、异见文化、时代精神和幽暗的体制的复杂关系。摇滚乐不乏理想主义的传统和音乐政治的诉求。就诗与歌对话这一隐秘关系或久违的传统，我们已很少谈论"诗教"和"乐教"，业界更多关注的是诗与歌的平行和分化关系。而从近年来诗与歌对话性的向度看，"歌诗"的传统在当下仍在延续，一些唱作人和民谣歌手、民谣诗人一直在做探索性的尝试。因此，如何更好地推动当下诗歌创作，在强调诗人独立写作的同时关注诗和歌的结合，对于今天的诗歌传播来说作用巨大。

（《2016 中国诗歌述评：热潮中的滚石，或静默的舌根》，《文艺报》，2017 年 1 月 20 日）

●欧阳江河认为从人类文明的角度来讲，诗歌起到净化、升华的作用。但是这种净化和升华不是纯粹美学意义上的，还有伦理的作用，有精神性的立场。我最近写的诗《大是大非》，还是要处理崇高，因为我们这个时代都不处理崇高，而诗歌意义上的崇高包含了日常性。把日常性包含进来以后，还有一个真实性的问题。说到底就是诗人把上帝降下来了，上帝成了一个人格化的人，甚至这个人格可以降为一条狗，包含这样的降低，也是一种崇高。一旦包含了日常性、真实性以后，写诗就不是表演，不能一写诗，我就是美的、正确的、正义的。

（《诗歌要保持一种狠劲儿》，《天涯》，2016 年第 6 期）

●叶延滨认为判断好诗，一是看其精神指向，引领读者向上、向善、向美。向上，多给人正能量，不鼓吹颓废厌世和极端思潮。向善，让人心存善念懂得善恶，不宣扬极端利己、色情、暴力、拜金主义。向美，引领对美好事物的追求，不展示丑陋下流的阴暗心理。二是看艺术追求，在诗歌艺术上有创新、有探索、有突破，在继承传统的过程中为传统增加新的经典。诗歌从一开始就引领着人类向上、向善、向美，正因为有这样的引领，国人从《诗经》开始，走过了汉赋、唐诗、宋词、元曲，以至五四新诗的情感历史长河，展示了民族的大美精神。

（《新诗展望：将有被广泛认可的大诗人出现》，《辽宁日报》，2016 年 12 月 22 日）

●大解认为写诗不在乎什么身份，从事什么职业，而主要在于有没有一颗诗心，写诗和从事音乐、舞蹈一样，的确需要一定的天赋。写诗不是仅靠努力就可以写得好。坦白说，诗歌不照顾求知上的劳动模范。不是说知识积累得多，就一定能写出好诗。当然，后天努力也非常重要。总体来说，每个人的天赋不同、努力不同，结果也不同。写诗水平、质量有高有低，但向诗意靠拢而付出的努力，是同样值得肯定的。并不是每一个诗人都能写出好的诗作，但他们在与诗歌打交道的过程中，他感受生活的心灵更丰富。并不是只有成为写出传世作品的大诗人，才有资格写诗。每个人都有写诗的自由和资格，应该得到应有的尊重。

(《大解、朵渔谈诗歌与大众：心灵互动很重要》，《华西都市报》，2016 年 12 月 21 日)

●赵飞认为现代汉语诗歌发轫时即伴生一种文化上的焦虑：其一是对现代性的盲目追求导致的对古典性的疏离——不知根系何处？其二是苦于无法在形式与内容之间重新迅速铸就新的经典——究竟何为范式？此二者历经百年的化欧化古和自力更生、大干快上，并未形成中国诗人所共守的信条。诗学的焦虑未能有效解除，但带来一种可贵的警醒：现代汉语诗人欲重拾自信，恐怕离不开对母语的重新认识和故土的化育功能。从本质上讲，母语和故土带给诗人的是一种自信。屏息静气的地方性写作正是对汉语诗歌生命本身的尊重：尊重母语、尊重故土，让生命在各个不同的文化空间绽放，从而创生出当代诗歌写作的日月星辰和山川地貌。

(《地方性写作：作为关系的诗学路径》，中国诗歌网，2016 年 12 月 21 日)

●陈世明认为诗歌艺术有殷实之美和空灵之美。殷实美，轰轰烈烈，如火如荼，慷慨雄浑；空灵美，坦坦荡荡，空旷阔邈，气韵幽幽。写诗讲究虚实，追求性灵。要写出三分，留却七分。那留下的大部，恰是诗之要旨，诗之主意，诗之神韵，诗之灵气。所谓"无字处皆其意"，所谓"不着一字，尽得风流"。诗有空灵之美，往往想象奇特，风格飘逸，如镜花水月，若虚若实，似羚羊挂角，无迹可寻，且气象宏大，意境开阔，能显示出空间的无限和时间的无极。

(《论空灵与诗美》，《写作》，2017 年第 1 期)

●谢冕认为新诗的形式是最大的成功，但同时，新诗的失败也在形式上。以前大多数学者认为胡适先生是形式主义者，其实胡适的新诗革命首先就是形式革命，他着眼于形式革命再谈到内容革命，形式的革命成功了，革命的内容也进来了。胡适的成功是因为打破了旧形式，他把五七言的诗歌推倒了，以后这些新名词、新思想才能进入到诗里，这样就成功了。所以胡适先生的成功在于形式，新诗的成功也在于形式。

(《中国新诗的形式建设》，《扬子江诗刊》，2017 年第 1 期)

●谭克修认为这些年当代汉语诗歌，遭遇到了外界越来越多的质疑，包括"看不懂"、"没有经典"、"口水化"、"向享乐主义投降"等等。一些诗人缺少足够的文化积淀和思想素养，对社会生活和时代的发展难以进行深刻的洞察，整体沉迷于日常生活的自说自话的小情调、小清新写作。有的甚至抛弃传统的道德水准，甘心堕落，迎合少数人的低级趣味，创作了一些低俗乃至下流的作品，"口水诗"、"垃圾派"大行其道。这些诗人缺乏崇高的审美心灵和高尚的道德精神，一味从俗从低，不同程度地影响了公众对诗人群体的社会评价。

(《新诗百年：贡献、问题及展望》，《当代文坛》，2017 年第 1 期)

●**朱军**认为当代人文社会科学的"日常生活转向"是诗学与哲学的共谋。这便注定了"诗性都市"的建构会从语言革命入手,直面魔性都市"符号的幻象及其统治",实现诗性语言与日常生活语言的统一。魔性都市处于符号拜物教的统治之下,人们日益沦为符号专制的奴隶,语言利用虚假的能指性疏离并控制了日常生活,现代社会陷于全面异化之中,符号取代神性和人性,世界普遍虚无化,诗人惟有通过语言才能粉碎由语言所建构起来的世界图像。

(《城市化:纪念碑性、魔性与诗性》,《华东师范大学学报(哲学社会科学版)》,2016 年第 6 期)

●**王晓波**认为,现代"城市诗"是现代文学的一种积极探索。"城市诗"不但要展现城市元素,更应表达城市的现实生活,展示人们的精神追求。"城市诗"不应仅是城市物象的简单陈述和堆积。"城市诗"的形式,应具有三个维度:一是物质维度,物质是基础,现代物品展示现代文明,"城市诗"反映的,不应是镜中花水中月,而是看得见摸得着的"城市"。二是精神维度,没有现代城市人民精神,就没有城市诗意。三是城市的价值维度(尺度),"城市诗"应展示城市人的价值尺度。

(《王晓波:"城市诗"是现代文学的积极探索》,诗客微信公众号,2017 年 2 月 12 日)

●**陈亚平**认为,诗最原始的本质,就是它为自己创造出一个借语言而可直观自我的内在。只有心灵对它自己是什么的领会,才可重观自己,重现自己;或者说,只有意识对它自己的思虑,才是诗歌最日常的、最高艺术标准的惟一任务。仅此一点,或许超过诗的形式本身的地位。只有心灵的运行,才产生形式里的服从性,形式是心灵的意蕴内容所借助的外观的决定者。对诗的本质来说,一方面,心灵通过意识的注入而诞生新的意识土壤;另一方面,意识土壤里生产出来的新的心灵样式,又远远高于单纯的内心。就好比,诗可以高超地闪现出人们的神思、心语与悟想——那种神秘的思维之语。

(《美学与诗:超越限制的临界点》,中国南方艺术微信公众号,2017 年 2 月 8 日)

●**景凯旋**认为诗歌应当具有音乐性,要能背诵,现代诗大多是分行散文,只能看,不能读。诗歌永远是读给自己听的,不是读给大家听的,因此现代诗似乎只适合年轻人写,到了一定年龄,如果缺乏哲理,再写下去就难免矫情,而旧体诗直到老年仍然能继续创作。诗歌在中国具有宗教的功能,人生积极的方面有儒家的伦理,人生消极的方面有诗歌的审美。诗歌偏重对于失意人生作一种同情之慰藉,让人能超越生活,两者互相协调。不是集体歌颂的需要,而是个人内心的需要,这才是诗歌的真正特质。真正的好诗绝不会赞美权势、财富和成功,而是同情和悲悯,弥补过于不幸福的生活。

(《诗歌是个人朝圣,与集体无关》,《东方头条》,2017 年 2 月 9 日)

清明诗话
——故缘夜话七十二弹

□ 熊　曼

"忽如一夜春风来，千树万树梨花开"，唐代诗人岑参的名句，用以形容武汉的樱花季，再合适不过。随着樱花的盛开和清明的到来，武汉的交通明显拥堵不少，进城看花的和出城扫墓的，各自忙碌着。

正值清明时节，天气却没有"雨纷纷"的常态，夕阳西下，杨柳风拂面，大家顶着飘飞的樱花花瓣，来到"故缘"。

珞珈诗派

说到樱花，就不能不提到武大。这不，车延高刚一落座，就谈起了他前晚参加的珞珈诗会。"珞珈"由武汉大学文学院首任院长闻一多命名，包含"美玉"的美学色彩，在佛学中有"爱和智慧"的意思。珞珈诗派的成员，都自武大毕业，目前旅居全国各地，皆事业成功，热爱诗歌，他们中的一些每年春季以诗歌的名义，相聚于珞珈山下，参加在大学生中影响力甚大的"樱花诗会。"

"樱花诗会我知道，《中国诗歌》曾专门辟出版面，发表其中的获奖作品，确实佳作很多，新人迭现。原来这个活动是珞珈诗派组织的啊！"笔者道。

"是的，武汉大学诗歌创作有着厚实的基础，珞珈诗派八十年代由李少君、洪烛等人创立，并被武大热爱诗歌的学生广泛接受，现在创作队伍不断扩大。"车延高拿起桌上的茶杯喝了一口，继续道，"武大是一个人杰地灵的地方，从这里走出了很多文学大家。早在新文化运动时期，闻一多、朱光潜、郁达夫、沈从文在这里教书生活；五十年代，晓雪、陆耀东、叶橹在这里学习；七十年代至八十年代，又有王家新、方方、池莉、林白、野夫等人在珞珈山上写诗。他们，共同见证了一个诗意盎然的时代。"

作为珞珈诗派的一员，车延高如数家珍，为大家讲述武大与诗歌的渊源。

诗书画

"《中国诗歌》第四卷配发的《诗书画》作品是湖北青年诗人黄斌的，你们看看如何？"谢克强把话题引导到大家手中的样书上来。

"黄斌我知道，民刊《象形》的编辑，很低调，诗写得不错，现在开始写书法了？我看看。"邹建军道。

黄斌的书法作品，有行书、草书和小楷，抄录的对象有《心经》、唐宋古诗词、自作诗等，行书古朴敦厚，草书随性洒脱，小楷端正清丽，诗书一体，观之悦目，使人心静，得到了大家的一致好评。

"我个人比较喜欢。"车延高仔细看完了手中的《诗书画》后，对谢克强道，"诗、书、画皆有修为，看似入门容易，有成很难。三者中造诣能有其一，已属不易，同时擅二者或三者，我只有佩服了。在这方面，女诗人赵丽华也做得很好，她的画天真诙谐，业内评价很高，谢老师可跟她约稿了？"

"约过，还没发来。"谢克强道。

"中国是历史文化悠久的国家，诗、书、画同时作为艺术传承，书法和绘画算是得到大家的认可了，收藏者众，优秀作品的身价水涨船高，而诗歌却受冷落已久，我的朋友中，很多人知道曾梵志和冷军，却不知道舒婷和余秀华，这确实令人遗憾。什么时候艺术能与资本相结合，资本还艺术以尊严和荣耀，这才是我们最希望看到的。"阎志感慨道。他的话引起了大家的沉思。

论诗歌创作的多样性

茶过数巡，诗兴愈浓。

"前段时间，央视一个《诗词大会》的节目火了，我看了一下，挺有意思。你们看了没？"谢克强问。

"看了。而且我注意到，好诗应该是大多数人都能看懂的。比如，李煜的《虞美人》：春花秋月何时了？往事知多少。小楼昨夜又东风，故国不堪回首月明中……大家一看就明白他想表达什么。还有马致远的《天净沙·秋思》：枯藤老树昏鸦，小桥流水人家……语言和意向都很简明，时过千年，依然脍炙人口。还有陈子昂的《登幽州台歌》：念天地之悠悠，独怆然而涕下。我今晨在古遗址旁边考察时，脑子里就冒出这两句，非常有情感共鸣。"车延高一口气说了许多，都不带喘气的。

"看来书记对古诗词还是很有研究的。我也是古诗词爱好者，每次逛书店都会买一些回来，家里的诗词类书籍都快堆成山了。"谢克强笑道。

"做一行爱一行嘛，哈哈！说明你很敬业。"邹建军道。

"虽说诗无达诂，但是，优秀的诗人应该深谙人性的复杂，不仅仅满足于单一的创作手法，他（她）应该是不断探索的，在形式、题材和情感表达手法上，给人以耳目一新感。"车延高继续侃侃而谈，"在这方面，李清照就做得很好，她的诗词，婉约如《声声慢》：寻寻觅觅，冷冷清清，凄凄惨惨戚戚。豪放如《夏日绝句》：至今思项羽，不肯过江东。后者铿锵有力，令人印象深刻。但这都是她，多面、真实、血肉丰满。"

夜色渐浓，窗外，一轮白月不知什么时候悄悄升起，春风吹拂着这个夜晚，树叶发出沙沙声，像一种温柔的回应。这又是一个诗意盎然的夜晚。